ANÁLISIS DE

MARÍA

JORGE ISAACS
(COLOMBIA)

Dirección Editorial: **Carlos William Gómez R.**

Autor: **César Pérez P.**

Editores: **Carlos Sánchez L.**
Edgar Ordóñez N.

Dirección de Arte: **Juan Gabriel Caicedo B.**

Carátula: **José Raúl Casanova**
Juan Gabriel Caicedo B.

Diagramación: **Nayibe Jiménez L.**

Montaje: **Hernando Rojas**
Silvia Sánchez

Composición electrónica: **Miriam Cristy León A.**
Miguel E. Durán P.
Andrés L. Nieto C.

ISBN Colección 958-02-0466-7
ISBN Volumen 958-02-0501-9

©Copyright **EDITORIAL VOLUNTAD S.A.**
1991
Derechos reservados. Es propiedad del Editor.
Esta publicación no puede ser reproducida en todo ni
en parte, ni archivada o transmitida por ningún
medio electrónico, mecánico, de grabación, de
fotocopia, de microfilmación o en otra forma, sin el
previo consentimiento del Editor.
EDITORIAL VOLUNTAD S.A.
Carrera 7 No. 24-89 Piso 24
Bogotá - Colombia.

Impreso por Editorial Delfín Ltda.

TABLA DE CONTENIDO

Biografía del autor 7

Tema y argumento 11

Lista de personajes 15

Resúmenes y comentarios 17

Temas claves de la obra 45

Localización espacial o geográfica 49

Tiempo histórico e interno 51

Análisis detallado de personajes 53

Recursos literarios 59

Vocabulario y aclaración de expresiones difíciles 63

Cronología sumaria 69

Críticas sobre el autor y la obra 73

Talleres y preguntas de repaso 75

Bibliografía básica 79

E PÍGRAFE

"- Es que no saben que voy a morirme...

- ¡Morirte! ¿Morirte cuando Efraín va a llegar? (...)

- Oye: quiero dejarle cuanto yo poseo y le ha sido amable. Pondrás en el cofrecito en que tengo sus cartas y las flores secas, este guardapelo donde están sus cabellos y los de mi madre; esta sortija que me puso en vísperas de su viaje; y en mi delantal envolverás mis trenzas (...) Dios quiere librarlo del dolor de hallarme como estoy, del trance de verme expirar. ¡Ay!, yo no podría morirme conforme, dándole mi último adiós. Estréchalo por mí en tus brazos y dile que en vano luché por no abandonarlo... que me espantaba más su soledad que la muerte misma, y...

María dejó de hablar...".

"María", cap. LXII

BIOGRAFÍA DEL AUTOR

JORGE ISAACS

Jorge Isaacs nació en Cali, Colombia, el 1 de abril de 1837, hijo de un comerciante inglés radicado en Jamaica, Henry Isaacs, de origen judío, quien se convirtió al cristianismo para casarse con Manuela Ferrer Scarpetta.

Luego de cursar sus estudios primarios en Cali y Popayán, viaja a Bogotá e ingresa al colegio del Espíritu Santo. Más adelante estudia en los colegios San Buenaventura y San Bartolomé, pero no llega a graduarse. A los cinco años regresa al Valle del Cauca para residir en la hacienda El Paraíso, donde se desarrollará gran parte de las escenas de su novela. A los dieciséis años es obligado a tomar parte en la primera de las guerras en que participó, y dos años después contrae matrimonio con Felisa González Umaña, de sólo catorce años de edad.

Jorge Isaacs vuelve a tomar las armas entre 1860 y 1861 para combatir al lado del gobierno liberal contra las fuerzas insurrectas del general Tomás Cipriano de Mosquera, hecho relevante si observamos que años después él mismo llegaría a defender los principios revolucionarios del liberalismo para combatir a sus antiguos copartidarios. Al faltar su padre, Isaacs debe administrar unos escasos bienes, actividad en la que se muestra poco apto; la bancarrota no tarda en llegar.

De nuevo lo encontramos en Bogotá, entre muchas razones por su afición literaria. Los miembros del grupo "El Mosaico" le dan gran acogida y José María Vergara y Vergara muestra interés especial por él, lo que demuestra con la publicación en 1864 del primer libro de Jorge Isaacs, *Poesías*. Su ejercicio literario se había dado desde temprana edad componiendo poemas de distinta métrica sobre temas como el hogar y cuadros de costumbres, este último aspecto muy acorde al ideario costumbrista de El Mosaico. Sin embargo, entre sus autores favoritos de la época figuran Chateaubriand, Lamartine y otros representantes del Romanticismo francés e inglés.

Volviendo al Valle del Cauca, se desempeña como inspector de obras en la construcción del camino que conduce de Cali a la costa Pacífica. Mientras tanto su novela *María* va tomando forma, y finalmente se publica en Bogotá en 1867, y, aunque la crítica la acoge con beneplácito, el público es más lento en ello. No obstante, al finalizar el siglo ya es uno de los libros más importantes del continente.

A pesar de haber seguido la corriente política del poeta conservador Julio Arboleda, entre 1871 y 1873, siendo cónsul de Colombia en Santiago de Chile, Isaacs tiene un cambio político inesperado: las ideas liberales desplazan al conservatismo, lo cual equivale, en su época, a defender sus posturas con las armas. Interviene, así, como capitán en la sangrienta batalla de los Chancos, en 1876. Después, tras ser nombrado gobernador del Cauca, invade con las fuerzas revolucionarias liberales el estado de Antioquia, depone al gobernador y ejerce el poder en la región. Como era de esperarse, es sitiado por el ejército del gobierno y se ve obligado a capitular.

En 1880 publica *La revolución radical en Antioquia*, donde explica su participación en la invasión de ese estado, aunque esto no le valió las gracias de la población. Su desilusión de la política ya es manifiesta. Las experiencias recibidas como miembro de la comisión oficial que recorrió la península de la Guajira lo llevan a escribir un "Estudio sobre las tribus indígenas del Departamento del Magdalena", publicado después en los *Anales de Instrucción Pública*.

Tiempo atrás había descubierto apreciables yacimientos de hulla, pero su incapacidad económica le impide explotarlas. Sólo el año anterior a su muerte una compañía norteamericana decide financiar la empresa. Completamente decepcionado desea emigrar a Argentina pero la revolución de 1885 se lo impide.

Pero siempre estaba el refugio de la literatura, aunque en realidad nunca dejó de escribir o de concebir planes literarios, tal como lo demuestran, entre muchos ejemplos, la publicación del Primer Canto del poema "Saulo" -dedicado al presidente Roca, de Argentina-, "La tierra de Córdoba", o la redacción de una sentida elegía con motivo de la muerte de Elvira, hermana de su amigo el poeta José Asunción Silva, a quien, entre otras cosas, lo unen el inicial ideario conservador, la escasa pericia para sanear el patrimonio familiar tras la muerte del padre, la tentación del suicidio, el acometimiento de empresas económicas algo disparatadas, y la creación de obras ejemplares en el más bien precario panorama literario de la época. Y así, en los proyectos literarios de Isaacs está la elaboración de las novelas *Alma negra, Tania y Soledad.*

Jorge Isaacs muere en Ibagué en abril de 1895, pobre y absolutamente desilusionado, víctima de sus fracasos políticos y sin conseguir ninguna retribución económica por habernos legado una de las obras más famosas de la literatura latinoamericana.

TEMA Y ARGUMENTO

Desde su publicación en Bogotá, en 1867, las ediciones de *María* se multiplicaron vertiginosamente, y antes del final del siglo diecinueve se habían hecho ya cincuenta. En la actualidad sigue siendo una de las novelas más leídas en Hispanoamérica.

Aunque sus características son esencialmente románticas, en ella encontramos, sin embargo, elementos realistas y costumbristas, lo que nos evidencia el interés de Jorge Isaacs por los elementos lingüísticos, entre otros tópicos destacables. Al lado de expresas y numerosas reminiscencias literarias, tenemos en ella muchos datos biográficos que han dado lugar a frecuentes polémicas sobre su supuesto carácter autobiográfico. Entre sus admiradores encontramos a Rubén Darío y a Miguel de Unamuno, quien al leerla, ya en su avanzada madurez, confesó haberse sentido más afectado que si hubiera tenido quince años. Veamos el argumento de la novela.

Efraín, niño aún, viaja del Valle del Cauca a Bogotá para adelantar sus primeros estudios. Con verdadero dolor se aleja de su familia y de María, por quien ya tiene un sentimiento amoroso que se vislumbra imperecedero. Después de seis años vuelve al hogar, y entonces renace con verdadero ímpetu y en toda su plenitud ese sentimiento que de niño ya lo inquietara. Aunque saben que su permanencia en la casa sólo se prolongará unos meses, pues el joven debe viajar a Europa a concluir sus estudios de medicina, María y él comprenden que su amor los mantendrá unidos para siempre, no importa el fastidio de la distancia. Este amor, secreto al comienzo y muy cuidado por los implicados, cuenta con el favor de Emma, hermana de Efraín, quien desempeña su papel de cómplice a las mil maravillas y además lo goza. Aparece en escena Carlos, un condiscípulo de Efraín y vecino de la familia, quien visita la casa con intenciones de comprometerse con María. Sin embargo, es tal la adhesión existente entre los enamorados, que la presencia del amigo no significa ninguna amenaza para el idilio ejemplar. Al poco tiempo, el fracaso en los negocios quebranta la salud del padre de Efraín. Y a medida que se aproxima el momento del adiós, el muchacho evoca con fervor y frecuencia las dulces horas que ha pasado al lado de María y los suyos, y la hermosura de las tierras que ha de dejar. Pero al fin debe partir.

Estando en Londres, y luego de recibir cartas seguidas de María, es informado de que la joven ha tenido un nuevo acceso de la enfermedad que ha llevado a la tumba a su propia madre y que ya en el pasado se ha manifestado con alarma. Ella misma le indica que el único alivio para su salud es su presencia a su lado. Nada más saber esto para que el muchacho cruce el océano para llegar a tiempo y salvar a María de las garras de la muerte. Sin embargo, al llegar a casa luego de muchas penurias en el viaje, las premoniciones oscuras se han cumplido: María ha muerto. Y es su misma madre quien le informa del infortunio. Efraín, desconsolado hasta el extremo de plantearse el suicidio, llora aferrado a la cruz de la tumba de su novia y sólo es arrancado de allí por un viejo amigo.

Un ave negra que ha perseguido a los enamorados presagiando desastres, ocupa su lugar en la cruz y aletea sobre ella en una especie de sarcasmo contra toda ilusión de felicidad.

ISTA DE PERSONAJES

PRINCIPALES

EFRAÍN, joven protagonista de la novela, enamorado de María, que luego de comprometerse en matrimonio con ella a su regreso de Europa, ve frustradas sus ilusiones al encontrar que ha fallecido en su ausencia.

MARÍA, novia de Efraín, hija de Salomón, judío de Jamaica que antes de morir la deja bajo el cuidado del padre del protagonista. Al padecer la misma enfermedad que terminó con la vida de su madre, ve que ésta se recrudece por la ausencia de Efraín. Pide a éste que vuelva a su lado, pero sus fuerzas se debilitan y su vida se agota antes de tener el remedio de su presencia.

EL PADRE, bondadoso hacendado del Valle del Cauca, en cuya casa permanece María bajo su cuidado. Es quien dispone el viaje de su hijo Efraín a Europa a continuar los estudios de medicina, pero lamentablemente ésta es la razón por la cual se intensifica la enfermedad que lleva a María a una muerte temprana.

LA MADRE, buena mujer, típica esposa tradicional de carácter sumiso, cuya presencia en la novela es símbolo de prudencia y buen consejo en los momentos adversos.

EMMA, hermana de Efraín y confidente de los enamorados. Siempre dispuesta a crearles momentos propicios y a servirles de consuelo en las dificultades.

SECUNDARIOS

JUAN, niño hermano de Efraín, estrechamente unido a María, de quien recibe un amor casi maternal.

PEDRO, buen amigo y fiel ayo de Efraín en su niñez, que al despedirlo en su viaje a Bogotá le dice que ya no lo verá más, pues presiente que morirá antes de su regreso.

HIGINIO, mayordomo de una de las propiedades de la familia de Efraín.

BRUNO Y REMIGIA, pareja de esclavos que contrae matrimonio y a cuya fiesta de celebración asisten Efraín y su padre.

ÑA DOLORES Y ÑOR ANSELMO, padrinos del matrimonio anterior.

JULIÁN, esclavo capitán de cuadrilla que sale a recibir a sus amos cuando llegan a la fiesta de la boda. Es quien propicia el baile del señor con la esclava Remigia.

SALOMÓN, judío, padre de Ester, que antes de morir encomienda el cuidado de la niña a su primo, el padre de Efraín, y le pide que la convierta al cristianismo cambiándole el nombre por el de María.

SARA, esposa del anterior, madre de María, que muere de epilepsia.

FELIPE Y ELOÍSA, otros hermanos de Efraín que tienen escasa participación en la novela.

JOSÉ, LUISA, TRÁNSITO Y LUCÍA, familia de antioqueños muy amigos de Efraín y los suyos, a quienes profesan un cariño fraternal.

JUAN ÁNGEL, negrito al servicio de Efraín, hijo de Feliciana (Nay) y de Sinar, en el pasado príncipes africanos reducidos a la esclavitud.

DOCTOR MAYN, médico amigo de la familia que atiende a María en sus momentos de crisis.

DON JERÓNIMO, vecino de la hacienda que visita a la familia con el ánimo de formalizar el compromiso matrimonial de su hijo con María.

CARLOS, hijo del anterior, que pretende a María. Ha sido condiscípulo de Efraín en Bogotá. Es rechazado por la joven, pero su amistad con Efraín continúa en buenos términos.

BRAULIO, sobrino de José; primero novio y después esposo de Tránsito. Es gran cazador y excelente amigo de Efraín.

EMIGDIO, amigo campesino de Efraín, que es enviado por su padre, don Ignacio, a Bogotá con el ánimo de volverlo buen mercader y buen tratante. Sufre una penosa desilusión amorosa con Micaelina por culpa de Carlos, a causa de lo cual decide volver al campo.

DOÑA ANDREA, madre del anterior.

LUCAS, neivano agregado de una hacienda vecina a la de José, que forma parte del grupo que va a la cacería del tigre.

TIBURCIO, otro participante en la cacería del tigre. Novio de Salomé.

MARTA, cocinera de la posesión de José y su familia.

FELICIANA, negra aya de María, que en el pasado tuvo el nombre de Nay. Era hija de un guerrero achanti del África, pero capturada por unos traficantes, fue conducida a América en calidad de esclava.

ESTÉFANA, negrita de doce años, hija de esclavos que sirve en la casa. Tiene un afecto fanático por María.

CAMILO, criado de la familia de Efraín enviado a Cali por correspondencia que esperaban.

EL CURA, anciano religioso que oficia la boda de Tránsito y Braulio.

SEÑOR A***, caballero con quien viaja Efraín a Europa y quien le da la noticia de la gravedad de María.

MAGMAHU, guerrero achanti padre de Nay (Feliciana).

SAY TUTO KUAMINA, rey achanti a cuyo servicio estuvo Magmahú.

ORSUÉ, caudillo de los achimis, muerto por Magmahú.

SINAR, hijo del anterior y esposo de Nay. Luego de ser capturado por unos traficantes es separado para siempre de su mujer, con quien ha tenido un hijo, el negrito Juan Angel.

WILLIAM SARDICK, irlandés dueño de la casa donde fue dejada Nay (Feliciana) por los traficantes en calidad de esclava.

GABRIELA, mujer del anterior. Nay encuentra en ella consuelo por la pérdida de su esposo y buen consejo en la desesperación.

EL YANKEE, americano que intenta comprar a Nay para llevarla a su país, donde el hijo de ésta será esclavo por siempre.

CUSTODIO, chagrero compadre de Efraín a quien pide lleve a su hija Salomé a su casa para alejarla de la tentación de Justiniano, hermano de Carlos, que parece acecharla con propósitos no muy honestos.

DOMINGA, hechicera que al parecer es visitada por Justiniano, por cuya causa se la ve rondar la casa de Salomé. Custodio la intimida para que no se aparezca por su propiedad.

SALOMÉ, hija de Custodio y Candelaria. Joven coqueta pero inocente que según parece, hace a un lado a su novio Tiburcio para atender a Justiniano, lo que ocasiona conmoción en su familia.

FERMÍN, hermano de Salomé a quien ésta engaña para poder estar a solas con Efraín.

MARCELINA, criada en casa de Efraín, a quien María dirige el arreglo de la ropa del joven.

EL ADMINISTRADOR, del puerto de Buenaventura, donde desembarca Efraín en su regreso a casa.

LORENZO, servidor y amigo de la familia, quien espera a Efraín en el puerto, para acompañarlo en su viaje al interior del país.

CORTICO Y LAUREÁN, dos bogas con quienes viaja Efraín por el río Dagua en sus primeras jornadas hacia su hogar.

RUFINA, negra, amante de Laureán, en cuya casa duerme Efraín al regreso de Europa.

BIBIANO, padre de la anterior.

D***, antiguo dependiente del padre de Efraín que atiende al viajero a su llegada a Juntas.

JUSTO, caporal y uno de los arrieron que los viajeros encuentran y quien comunica en secreto a Lorenzo que María ya ha muerto.

RESÚMENES Y COMENTARIOS

Capítulos I - XI

Resumen

Efraín hace evocación de sus primeros años cuando fue alejado de su casa para dar inicio a sus estudios en Bogotá. El recuerdo lo lleva a detalles del momento de la partida: el amor prodigado por sus hermanas -una de las cuales cortó la noche anterior al viaje un mechón de sus cabellos para conservarlo de recuerdo-; la despedida de su madre en medio de las lágrimas, los besos de sus hermanas y por último la balbuciente despedida de María, quien juntó su mejilla a la de él sumida en el dolor. Después la marcha tras su padre, mientras vuelve los ojos para ver a María bajo las enredaderas que rodeaban la ventana del aposento de su madre.

Después de seis años de ausencia, Efraín regresa al valle nativo y de nuevo vienen expresiones de emoción, esta vez por la felicidad de su retorno. En medio de las mujeres de la casa, María se le presenta en toda su hermosura, los ojos húmedos y el semblante pintado por el rubor al resbalar Efraín el brazo de sus hombros a su talle. Las atenciones por parte de sus hermanas son esmeradas, mientras lo invitan a probar sus colaciones y cremas, y María evita mirarlo directamente conservando un distanciamiento pudoroso, pero él se detiene a analizar cada uno de sus rasgos y los detalles de su traje, por medio de pensamientos de gran pureza, pero en cuyo fondo se advierte algo de sensualismo inevitable.

Ella, por su parte, le expresa su amor dejándole flores en la habitación, recogidas en la mañana. A los tres días de su llegada Efraín acompaña a su padre a visitar sus propiedades del valle, y aunque María no le hace ninguna recomendación sobre un pronto regreso, él sabe que ella lo sigue incesantemente con los ojos durante sus preparativos de viaje. En el camino hallan grupos de esclavos que traen a la memoria de Efraín recuerdos de la infancia, entre los que está el del esclavo Pedro, viejo servidor de la casa que al despedirlo en su viaje a Bogotá le había expresado que sería la última vez que lo vería, pues ya presentía la muerte antes de su regreso. Bruno, otro de los esclavos, habla con su padre acerca de su próximo matrimonio y el hacendado le promete un baile para tal ocasión. Al regreso, el padre le comunica a Efraín su deseo de que viaje a Europa para continuar sus estudios de medicina, como le había prometido. El viaje deberá realizarse a más tardar en cuatro meses. Efraín sabe que aquello va a empañar las esperanzas de él y de María.

Ya en la casa comprueba cambios en el comportamiento de la muchacha. Su mano tiembla y la palidez de su cara, aunque muy ligera, le parece extraña; pero conserva en una de sus trenzas un clavel marchito: el mismo que él le obsequiara antes de su marcha para el valle. Luego de hacer algunas consideraciones acerca del primer amor y lo que representa en un hombre, Efraín narra la procedencia de María.

Su padre la había traído de su último viaje a las Antillas, donde Salomón, primo suyo, acababa de perder a su esposa, quien le había dejado una hija de sólo tres años de edad. El hombre estaba enfermo y no dudó en permitir que ella acompañara a su pariente, quien prometió además que la convertiría al cristianismo por medio del bautismo. Los dos hombres eran judíos. El padre de Efraín se había convertido en católico como condición previa de sus suegros para entregarle a su hija como esposa. Ahora, a petición de Salomón, cambiaría el nombre de la niña Ester por el de María. La pequeña fue recibida en su nueva casa y desde entonces se constituyó en el centro de atracción de Efraín, quien sintió por ella algo más que amor fraternal. Habrían pasado cuatro años desde su llegada, cuando Efraín encontró a sus padres llorando: Salomón había muerto.

Luego de estos recuerdos, María falta en el comedor y él se entera de que tiene dolor de cabeza y duerme ya. Esto lo lleva a pensar que su comportamiento, un tanto descuidado, podría haber ocasionado el malestar en la muchacha.

Al otro día, en compañía de su perro Mayo, va a visitar la posesión de José, un antioqueño amigo que habita en las montañas. Allí le dan la bienvenida con atenciones propias de la región, con abundante comida y el cuidado de las hijas y la mujer del hombre, vestidas y dispuestas para la ocasión. Hay intercambio de afectos, y a su regreso, Efraín hace evocación de María comparándola con la soledad y el colorido de la naturaleza. Sin embargo, al entrar en su habitación lo primero que nota es la ausencia de las flores que María le obsequiaba a diario. El resultado es que a la primera oportunidad comienza a hacer elogio de las mujeres de Bogotá, palabras que soporta María hasta el final, fingiendo jugar con el cabello de Juan, hermano menor de Efraín. En la noche, sin embargo, ve en el cabello de María una flor de las que él trajera de la montaña, obsequio de las hijas de José. Le hace ver que las había tirado por no ser tan bellas como las que ponían a diario en su cuarto, y en un tipo de reconciliación muy inocente, ella promete recoger todos los días las flores más lindas, y desaparece en otro acto marcado de pudor. Él, por su parte, siente que ha declarado su amor a María, luego de haberle tomado la mano y de confesarle su desconcierto por no encontrar flores a su regreso.

Comentario

El autor, sin ningún preámbulo, entra de lleno en materia: "Era yo niño aún cuando me alejaron de la casa paterna...", lo cual demuestra su necesidad de interesar al lector de inmediato en un texto que considera importante, de unos hechos que aspira sean del interés de los lectores. Igualmente veloz es su exposición de los personajes, y para lograrlo, el camino a seguir es por medio de una situación conmovedora: la despedida del niño que parte por vez primera de su hogar para sumergirse en el mundo desconocido de la capital. Aunque pareciera ser un hecho sin mayor significación, consideradas las circunstancias, ese viaje no deja de tener visos patéticos. Efraín es un niño criado en un ambiente de hogar "ideal", de terratenientes que han tenido todas las posibilidades. El niño no ha sentido el rigor de la vida, jamás se vio abocado a conseguir algo por su propio esfuerzo: el poder económico de su familia lo hacía por él. Todo indica que ha sido "consentido" y ha estado rodeado de todo lo necesario y más. En resumidas cuentas, es un niño completamente indefenso ante el mundo que se abre a sus ojos. Nada más difícil para sus padres que saber el peligro a que lo exponen en esas largas travesías por caminos riesgosos, climas desconocidos, cabalgadura que maltrata, soles y fríos que seguramente pueden lesionar su salud tan bien cuidada, etc. Todo es incierto para aquellos progenitores por cuyas mentes lo único que puede transitar es el presagio de insufribles penalidades. Pero debe ir a estudiar a la capital.

Podemos imaginar que una mínima tragedia se vive en la casa. Hay revoloteo, hay preparativos, hay bendiciones, y el autor no es avaro en lágrimas tanto de los parientes como del mismo niño: "Me dormí llorando y experimenté como un vago presentimiento de muchos pesares que debía sufrir después". Como se dijo, se entra directo en materia. Estas palabras de Efraín no nos indican sólo los pesares de su vida física a que se va a exponer en un futuro no muy lejano. Aquí se nos habla veladamente de sus pesares del espíritu, del sentimiento, de la pérdida de aquel ser amado señalado por el destino para desaparecer tempranamente dejando un gran vacío en quienes lo rodean, y en especial en el protagonista. Desde la primera página se empieza a sentir la atmósfera de lo fatal, lo cual da gran intensidad a la novela, consiguiendo así lo que el autor, evidentemente, se ha propuesto; es decir, Isaacs demuestra su gran talento.

Sus recursos son variados, y si observamos la forma de exponer los hechos, vemos que realmente es acertado. ¿Qué escena puede haber más dramática que la de una madre llorando y aferrada a la cabeza del hijo que parte del hogar? La podemos imaginar temblorosa y a punto de la histeria; tanto, que el padre de Efraín debe intervenir para que lo suelte, pues es la hora de partir. Todo ha sido dolor desde antes; el mismo detalle de que una de sus hermanas corte un mechón de los cabellos del muchacho para conservarlo de recuerdo no es menos significativo. Lo enjugan con besos, y María, la inmaculada María, sólo espera humildemente su turno de acercarle su mejilla. Y aquí ya, con ese simple gesto, el autor nos introduce plenamente en el espíritu de la muchacha. Ella es la resignación desde temprana edad, pues a la partida de Efraín debía ser apenas una niña. Sabe que primero debe venir la despedida de los parientes y ella será la última, pues su condición en la casa se lo dicta. Su gesto es el menos expresivo en apariencia, pero debemos entender que todo va a su interioridad, lo cual es más conmovedor que si se soltara en lamentos.

Y también está el padre. Es la severidad en la disciplina, pero también la bondad y el dolor, que lo proponen como alguien que es más que aquel duro padre que envía a su hijo a la ciudad, que debe ordenar el momento de partir, que literalmente lo arranca de los brazos de su madre. Un judío converso que aún conserva los rasgos típicos de su raza en su comportamiento, aunque por algunas pinceladas discretas se nos muestra al buen cristiano que hay en él, lo cual nos indica que cuando la naturaleza es verdaderamente humana, no importan las religiones ni las procedencias. Simplemente es un hombre bueno, y este es un concepto universal. Lo demuestra en su trato no sólo familiar sino en relación con sus esclavos y servidores en general. No duda en ofrecer un baile a una pareja de esclavos que contrae matrimonio, asiste a la celebración y comparte la danza con la contrayente. Todo esto, sin embargo, con ese carácter jerárquico que se da en ese tipo de relaciones. Remigia, en medio de su dicha de nueva señora, baila con su amo, siempre con la cabeza inclinada y sin la soltura que había mostrado en su baile anterior. Es consciente de hacerlo con el hombre que es dueño de su vida y de la de su esposo. Sabe que la boda se realizó debido al consentimiento del señor y que la misma fiesta no hubiera sido posible si aquél no hubiera dado su aprobación. No obstante, el afecto que los esclavos muestran por su amo es inusual. Pareciera que cumplieran con sus deberes como si dieran las gracias a Dios por el don de un amo. En ningún momento se vislumbra en ellos el inconformismo del sometido; y por el contrario, su mansedumbre es debida a una especie de respeto sacralizado opuesto a cualquier tipo de obligación, teniendo más características del comportamiento emanado de la satisfacción y la alegría.

El juego amoroso que el autor va deshilvanando con paciencia es de un candor extremo, donde María y Efraín transitan los caminos de la sinceridad y del sentimiento en expresiones de una pureza que, por supuesto, es extraña al hombre actual; en medio de unas descripciones que llegan a lo sublime en comparaciones o símiles que hacen sonreír por su inocencia, por el roce de una mano que se constituye en el desbordamiento de una audacia incontenible y muy cercana a lo prohibido.

Y al lado de este afecto, se halla también el de la simple amistad. José y su familia, los antioqueños de la montaña, prodigan atenciones al joven visitante a la manera usual de entonces. Las hijas del hombre visten sus mejores galas para agasajarlo. La comida es abundante y especial, aunque con productos propios de la región preparados de la manera habitual, pero con ese sabor particular que inspira el cariño. Hay intercambio de regalos. Efraín da un cuchillo para el amigo; Tránsito y Lucía reciben rosarios, y Luisa, un relicario. Son regalos preciados que pueden simbolizar el esfuerzo del trabajo y la fe inamovible que conduce la cotidianidad de aquella gente humilde. Él, por su parte, recibe un ramo de azucenas silvestres, formado por las hijas de José especialmente para él. Cada cual ofrece de acuerdo a sus posibilidades. Lo importante es el afecto.

Pero muy pronto, al lado de estas expresiones de bondad y sentimiento amoroso, se empieza a sentir la presencia de la fatalidad. De manera muy sutil Isaacs nos inquieta con la posibilidad de que algo no marcha bien. Un dolor de cabeza de María, su ausencia del comedor donde se reúne toda la familia, son indicios de que no todo es felicidad y perfección en el mundo de aparente calma de la hacienda. Es como si la muerte, como un coloso que reposa, se sacudiera un poco la modorra y pusiera los ojos en ese punto específico del mundo con la intención de ocasionar destrozos.

Capítulos XII - XX

Resumen

Efraín sigue haciendo descripciones y alabanzas de María. Las frases poéticas son innumerables y en todas ellas se expresa la necesidad de tenerla siempre a su lado. Luego empieza a dictar clases a su hermana Emma y a María, pero la enseñanza no es más que un pretexto para mostrarse mutuo amor, sentimiento estimulado por las frecuentes ausencias de su hermana, que ellos aprovechan para hacer más elocuente su ansiedad. Leen, sin embargo, el *Genio del Cristianismo,* y María resulta ser una alumna realmente interesada.

Días más tarde, la muchacha parece enfermar de epilepsia, el mal que había llevado a la tumba a su madre. Tiene una leve recuperación y Efraín se dirige a su cuarto, pero algunos signos de la naturaleza parecen querer comunicar más desgracias. Y a la medianoche es despertado por su padre quien le informa que María ha tenido otra recaída. El joven monta en su caballo y corre en busca del doctor Mayn. Los riesgos son muchos a estas horas de la noche, y sin embargo logra regresar con el médico quien, luego de examinar a la paciente, formula los diferentes cuidados que deben observar con ella, y María empieza su proceso de recuperación. Habla con Efraín y le manifiesta su agradecimiento por los peligros asumidos en la preocupación por su salud. Todo parece volver a su cauce normal, pero en una conversación con su padre, Efraín se entera de que el mal de la muchacha es incurable y que debe evitar todo acercamiento prometedor a ella. Su preocupación en adelante debe estar conducida sólo a su futuro. Nada de matrimonio.

Por otro lado, Carlos, un muchacho que había estado en Bogotá con él y cuyo padre era amigo de la familia, visitaría a la joven con serias intenciones de hacerla su prometida. El mundo parece derrumbarse para Efraín, pero las órdenes de su padre no pueden ser cuestionadas. Además, le había recordado la proximidad de su viaje a Europa para continuar sus estudios.

Efraín se silencia; su vida cambia; se torna melancólico y aislado, y su pensamiento sólo repara en las negativas de su padre, en la ausencia de María, en la visita del repentino enamorado y en el dolor que todo aquello significa para sus ilusiones. Con el transcurrir de los días, su madre se preocupa de su estado y lo busca en el cuarto. El diálogo es doloroso por parte de Efraín y cargado de resentimiento. La buena mujer, no obstante recriminarle el comportamiento de los últimos días, le comunica que el doctor en su última visita ha expresado que el mal de la muchacha no es el mismo que tuviera su madre. Entonces las cosas vuelven a tener significado para el joven, y las escenas de ternura con María se dan como antes, pero con algo más de profundidad amorosa, tal vez como resultado de los pasados peligros y de las ilusiones esquivas.

Efraín visita a Emigdio, gran amigo campesino con quien dialoga sobre un viaje que éste hizo a Bogotá cuando Efraín ya estaba allí. Se ridiculiza un tanto la figura vanidosa y frívola de Carlos, y se hace referencia a unos amores fugaces de Emigdio en la capital y a la desdicha que tal relación le reportó al comprobar que la joven en que había puesto sus ojos tenía intimidad con Carlos, en un acto de burla descarada contra él. Emigdio, con todo, se ha recuperado de aquel incidente y ya tiene depositado su interés en otra muchacha que quiere presentar a Efraín, en quien tiene gran confianza.

Al volver a casa, el protagonista tiene que enfrentarse a la realidad de que María no puede asistir al comedor por encontrarse, junto con sus hermanas, disponiendo los detalles para recibir la visita de Carlos y su padre. No obstante, luego de esos momentos de inquietud por lo que aquello significa, Efraín logra tener un diálogo con María, en el que las promesas de amor no faltan, y la dicha del sentimiento parece animarlo.

Comentario

La tragedia anunciada en los capítulos precedentes se empieza a desatar. Es verdad que sus consecuencias aún no son totales, pero ya marcan la pauta definitiva que gravitará en toda la novela. Se constituye en una especie de suspenso, en hilo a punto de reventarse. Y lo primero que nos lo demuestra es el hecho de que María padece el mismo mal de su madre, una epilepsia incurable que terminó con su vida. Es la manera como el autor elimina cualquier tipo de esperanza en el lector optimista. Aunque después parece querer tranquilizar las cosas por medio de posibles diferencias entre las enfermedades de la una y de la otra, es obvio que ya se ha ensombrecido el panorama y todo lo que se pueda decir en adelante no es más que un eufemismo, una expresión hipócritamente dulce, que en nada conseguirá atenuar la presencia del dolor por lo que se avecina paulatinamente, por lo inevitable.

El manejo de los contrastes da un toque de variación a la novela, lo cual sirve para extraer al lector del carácter monotemático que a veces se apodera del texto. Efraín hace un alto elogio de las cualidades de María y concluye que para él es ya una necesidad tenerla constantemente a su lado.

Las clases de las dos muchachas están cargadas de picardía confabuladora en el amor y el secreto. Y la hermana de Efraín, Emma, asume su papel de colaboradora, de Celestina a la perfección, para permitir que se desarrolle aquella historia de amor que acaso desearía para sí misma en lo oculto de su pensamiento. Es más, al querer el amor perfecto para su hermano y para María, pareciera encontrar el suyo propio y la pareja puede no ser más que un sustituto de sus ansias, puestas al alcance de su mano. De ahí las frecuentes salidas del lugar donde se encuentran los tres en el momento propicio, sus descuidos momentáneos para permitir una frase casi silenciosa de los enamorados, y esa disposición a consentir que las pasiones se precipiten. Hay instantes en los cuales el lector puede agregar que ella observa a los novios por algún resquicio de la puerta, mordiéndose las uñas con temblor incontenible.

La obra ha alcanzado estos límites de frescura y de nerviosismo pícaro, cuando de repente se precipita sobre el lector el alud de la desdicha. María ha sufrido un colapso epiléptico y todo es pavor en la casa. A pesar de esto, la muchacha es valiente y se recupera de la sorpresa, pero el pesimismo del padre de Efraín nos produce desazón. Sin embargo, ella se reanima y dice un "Hasta mañana" a su novio, "como siempre que interrumpida nuestra conversación en una velada, quedaba deseando el día siguiente para que la concluyésemos." Pero la tormenta no ha cesado. La presencia de una naturaleza siniestra y del ave negra, no son nada reconfortantes. Aquí está el poder de la superstición que amarga al protagonista e inquieta al lector: "Cuando salí al corredor que conducía a mi cuarto, un cierzo impetuoso columpiaba los sauces del patio. (...) Relámpagos débiles, semejantes al reflejo instantáneo de un broquel herido por el resplandor de una hoguera, parecían querer iluminar el fondo tenebroso del valle". "No sé cuánto tiempo había pasado, cuando algo, como el ala vibrante de un ave vino a rozar mi frente. Miré hacia los bosques inmediatos para seguirla: era un ave negra." A medianoche recrudece y se desborda el temor. Efraín entonces entra a ser parte del abundante mundo de héroes de la literatura. Emprende la búsqueda del médico, enfrentándose a todos los riesgos de una naturaleza que se le opone por momentos, sin pensar en su propia seguridad. Esta no le importa y sólo tiene ojos para la salud de su amada. A las dos de la mañana retorna con el médico y la salud de la muchacha tiene un giro satisfactorio, gracias, se podría decir, a la oportuna intervención del corajudo muchacho que ha expuesto su vida para salvar la de ella.

Y a esta desgracia se une otra. Las órdenes de su padre respecto a María son las típicas de quien quiere lo mejor para su hijo, pero el viejo lo hace de tal manera, que el lector en ningún momento podría pensar que es una actitud egoísta. También está en juego la salud de la joven. Las razones que opone para justificar su orden son honestas y muy bien meditadas. Ella no debe recibir emociones fuertes, y la promesa de un matrimonio por parte de Efraín -como son sus intenciones- podría alterar su estado nervioso y conducir a un desenlace fatal. Por supuesto, en el fondo se vislumbra la preservación del bienestar de su hijo, de su heredero. Debe estudiar y continuar una vida que el padre se ha empeñado en hacerle feliz a toda costa. De ahí que exprese como lo más natural la posibilidad de un compromiso de Carlos con María. Tal vez sea esa la solución al conflicto que se le presenta y, aunque sea dolorosa al principio, terminará por traer beneficio a las dos familias, y Efraín, recuperado, culminará la meta que el padre le ha señalado como correcta. Y la conducta del joven ante tales imposiciones es la esperada. Llegan la melancolía y el abandono. Es lo obvio y el autor nos demuestra aquí su conocimiento del espíritu humano. Hay en Efraín aquella mezcla de desencanto y frustración, de celos y consideración que aislan y colocan en una especie de limbo al enamorado.

Pero, como siempre, hay un mínimo de esperanza. No todo debe ser fatalidad. La enfermedad de María puede ser diferente a la que terminara con la vida de su madre. Las relaciones de Efraín con el mundo se reanudan y ahora son más especiales sus conversaciones con María, como si la cercanía de la muerte hubiera profundizado un sentimiento que en ningún momento requiriera de alicientes. Sin embargo, Isaacs se las arregla para hacernos sentir ese matiz portentoso que jamás pensamos le pudiera faltar a la unión de los muchachos.

Por otro lado está la relación de Efraín con Emigdio, su amigo del campo. El encuentro se produce en medio de la descripción costumbrista del entorno y está matizada con el juego verbal donde no faltan la ironía y cierto desencanto de Carlos, el pretendiente de María, con quien los dos se frecuentaron en Bogotá en la época de los estudios de Efraín.

El personaje (Carlos) lleva la peor parte debido a su comportamiento frívolo y engreído, carente de todo principio, si se tiene en cuenta su conducta con Micaelina, hija de la dueña de casa donde se albergaban los muchachos, y el dolor que produjo en su amigo inocente al arrebatarle un amor incipiente, en apariencia con el sólo ánimo de abanicar su vanidad viril escandalosa, sin medir las consecuencias.

Por supuesto, Emigdio retornó a su lugar con el corazón roto y con la moral bajo los pies, acaso pensando que su destino estaba allí y con la culpa de haber pretendido volar muy alto cuando su aliento no se lo permitía. Equivocación evidente, pero válida desde el punto de vista del provinciano que sufre los rigores de una conducta injusta y tal vez transformada por la ciudad que pervierte hasta el extremo de producir goce morboso en el daño ajeno sin ninguna razón justificable. Isaacs logra así colocar al lector, si no en contra de este personaje, sí por lo menos en un nivel de desafecto; aunque bastaría la simple mención de sus pretensiones hacia María para conseguirlo, quiere ratificarlo con estas descripciones de su conducta, de su modo de vestir pintoresco y de su conversación, para un mayor efecto. Y esto se ve aún más acentuado al regresar Efraín a casa y encontrarse con que la muchacha no asiste al comedor porque se halla demasiado atareada en los preparativos para la visita del personaje. El lector llega a sentir lo que el protagonista siente al enterarse de la causa de esa ausencia. Pero luego entra al terreno de la ternura con el intercambio de palabras de los enamorados, en las cuales ella se manifiesta como inocente por completo de aquella visita y sólo se limita a evidenciarle un profundo amor que descarta cualquier posibilidad de ver a Carlos como un verdadero contrincante. Ella es honesta y él lo sabe.

Capítulos XXI - XXX

Resumen

Efraín se encuentra con José y Braulio, éste último sobrino suyo y novio de Tránsito, una de sus hijas. Se preparan para la cacería de un tigre que ha hecho estragos en los alrededores. Mientras llega la hora de la partida, Efraín es solicitado como padrino de la boda de los muchachos. Las buenas relaciones se manifiestan en la habitual comida y la jovialidad y afecto que todos muestran entre sí. El rastro del tigre es seguido con la paciencia de los cazadores expertos y al encontrarlo, luego de perder algunos perros en las fauces del animal, Braulio se expone para que sus compañeros puedan disparar sin hacer daño a los canes que rodean al felino y lo atacan a dentelladas feroces. Todos han disparado sus armas y, a pesar de herirlo, no logran que cese el peligro. Braulio está a punto de ser atacado por la bestia furiosa, cuando un oportuno disparo de Efraín, justo en la frente de la fiera, salva la vida de Braulio. Como premio a su puntería certera y a su acción oportuna, Efraín recibe la piel pintada.

Pero todo lo que se ha presentado satisfactoriamente para Efraín se daña de pronto, al regresar éste a su casa y encontrarse con la visita de don Jerónimo y su hijo Carlos. Sin embargo, la cortesía puede más que los temores y la visita de los vecinos no carece de cierto ambiente amigable y de encuentros en el comedor, llenos de charlas y de cierta alegría natural en una región de gente hospitalaria.

Carlos manifiesta su deseo de cazar también, pero venados, pues porta consigo una escopeta inglesa que será la envidia de todos. Se llega a un acuerdo sobre esta nueva cacería, y posteriormente Carlos y Efraín sostienen algún intercambio sobre las lecturas a las cuales es aficionado el anfitrión, donde no deja de haber cierta burla y hasta desprecio por parte del amigo respecto a las lecturas serias, que considera aburridas y carentes de cualquier significado real. Por supuesto, este desprecio es, evidentemente, producto de la total ignorancia de Carlos sobre el tema. Sin embargo, es muy dado a hacer referencia a su pasado estudiantil en Bogotá como condiscípulo de Efraín, contando algunas pequeñeces de su cotidianidad en la capital. Luego se canta, pues Carlos es diestro en la guitarra, y las muchachas interpretan poemas de Efraín a los que han puesto música, y las veladas supuestamente deliciosas no dejan de tener la causticidad que Efraín les otorga por medio de algunas burlas a la ignorancia de su amigo.

Ya en la intimidad, la madre de Efraín decide confesar a María la causa de la presencia de Carlos y su padre en la casa. María argumenta desde un principio todo en contra de comprometerse con el joven, y las lágrimas son peligrosamente atacada por fiebres que lo llevan a delirios en los que pronuncia con frecuencia el nombre del culpable de sus problemas económicos. Traen al médico y éste pone todo su empeño en su curación, aunque hay momentos en los que parece perder toda esperanza en su ciencia y dejarlo en manos de Dios. En una charla con Efraín le explica que la enfermedad puede ser producto de sus disgustos y le dice cómo el ser humano convierte en dolencias físicas sus grandes preocupaciones. Al fin, tras una lenta recuperación, el padre puede comenzar una vida normal.

Pero las penas de Efraín y María no se detienen. Llega una carta del señor A***, en la que anuncia su viaje a Europa para dentro de un mes y, como habían acordado, Efraín debe acompañarlo. Éste decide entonces poner su plan en marcha y con toda la solemnidad que la relación exige, expone a su padre la conveniencia de permanecer a su lado mientras logran superar la crisis económica. Todo lo dicho por el muchacho es agradecido sinceramente por el viejo, pero determina que a pesar de las circunstancias, lo mejor es que viaje a iniciar sus estudios en el extranjero. Nada se puede hacer. Sin embargo, en esta ocasión trata de tranquilizarlo refiriéndose a que, cuatro años después, cuando regrese hecho un profesional, María será su esposa. Ésta, sin embargo, recibe la noticia del precipitado viaje con dramatismo. La madre trata de consolar a Efraín con las mismas razones que el padre, y por último los muchachos son convocados a una reunión familiar en la que deben hacer promesa solemne de compromiso delante de sus padres. María esperará hasta el regreso de Efraín para contraer matrimonio.

Comentario

Hasta hace poco tiempo el uso del guardapelo era algo corriente en nuestras costumbres; por lo tanto, no debe extrañarnos que en la novela se soliciten y obsequien bucles y mechones para conservar como recuerdo y como prueba de sumo afecto. En el caso de los enamorados, esta manifestación sentimental era muy corriente. Es por eso que vemos a Efraín pedir casi con vehemencia tal prueba de amor a su novia. Por supuesto, como se ha podido apreciar en la lectura hasta aquí, el romance de los dos ha conservado ese carácter reservado y pudoroso que impide este tipo de expresiones en público; de ahí el misterio que rodea dicha prueba de amor. María teme que se note el lugar donde ha cortado de su cabello y la forma como al fin entrega ese manojo de pelo a su amado nos parece tan secreta como si le entregara la solución de un acertijo que el mundo debe desconocer.

Sin embargo, el secreto de su amor parece que sólo en la mente de ellos existe: es tan conocido en la casa, que incluso su padre, el respetado hombre a quien todos se dirigen con cierta reserva y prudencia -aunque lejana del temor-, hace bromas a los enamorados como si gozara a sus anchas del suspenso en que los muchachos viven. Él entiende tal actitud y la respeta, pero le divierte y la observa con la indulgencia de la experiencia en estas tareas. Hace sonrojar a María en más de una ocasión y, aunque Efraín no nos comenta lo que él mismo experimenta en esos momentos de expansión paternal, debemos imaginar que se siente tan avergonzado como la muchacha. El viejo nota que al preparar las viandas y demás necesidades para el viaje, María es la más dedicada, sin dudar en equiparlos para un viaje muy remoto cuando apenas si van a visitar las fincas del valle para regresar a los pocos días. Y se lo hace ver: le da a entender que los preparativos van más dirigidos a Efraín que a él mismo y se divierte como un niño del resultado de sus mofas, goza a plenitud de la vergüenza en el rostro de María y seguramente en la cara que pondrán los otros al constatar una vez más la violación inocente de un secreto tan "bien" guardado. Por otro lado, sería innecesario aclarar que al muchacho no le agrada nada la idea de abandonar la hacienda para acompañar a su padre por el simple hecho de que no quiere separarse de María. Es evidente que de no ser por esto, acudiría encantado al lado de su viejo y al lugar que éste eligiera sin ningún reparo. De nuevo tenemos la reserva de Efraín en cuanto a la molestia de partir, pero debemos imaginarnos todo lo que sufre cada vez que al hacendado se le ocurre mencionar dichos viajes.

Y él también debe dar muestra de su amor. Luego de aguardar con mucha expectativa un descuido de la familia, permite que María corte también un mechón de su cabello. La escena tiene todas las características de un gran misterio. Por lo tanto, deben separarse después para entrar al comedor por puertas diferentes, no sea que los demás sospechen que se estaban prodigando amores.

Pero nunca faltan los contrastes para dar variedad al texto. Luego de estas escenas divertidas y muy ligeras, se presenta la densidad de lo dramático, ahora en el campo económico. El padre sufre un gran revés financiero. Isaacs, como en la escena picaresca anterior, está dando robustez al personaje del padre. Es decir, paulatinamente nos lo va exponiendo desde todas las perspectivas y no debemos negar que hace un excelente trabajo. Prácticamente sentimos que ya conocemos a ese hombre como si lo hubiéramos tenido largo tiempo a nuestro lado. Es la prudencia, la jocosidad y la bondad que por sí solas inspiran un respeto muy afectuoso. Y este sentimiento se incrementa con las palabras que dice al recibir la noticia de la gran pérdida de capital. Se queja, es cierto, de haber confiado siempre en los hombres y de ahí su mala suerte. Pero este punto lo engrandece y nos dice lo que ha sido toda su existencia: el típico hombre generoso que se ha hecho a base de esfuerzo y de buena fe, lo que le ha ocasionado tremendos problemas como el actual, testimonio de su sinceridad. Efraín, por su parte, ha sabido llevar la incómoda situación y por lo tanto accede a la cacería de venado con una indulgencia que lo ennoblece. Antes de empezar la cacería, Carlos ha hecho un desprecio de los perros traídos por Braulio para el propósito y éste se venga del visitante sacando la munición de su escopeta. Carlos, que se ufana con frecuencia de su puntería, dispara sobre un venado y, como es natural, éste continúa indemne haciendo quedar en ridículo al cazador desconcertado. El animal se refugia en la casa y termina bajo la protección de las muchachas.

Las charlas y los pasatiempos continúan y al fin llega el momento propicio para que Carlos haga su declaración de amor a María. Todo el mundo está expectante, pero las cosas suceden con naturalidad en la negativa de la joven quien, no obstante, hace ver al pretendiente que se siente muy honrada por tal solicitud. Todo termina, pues, en la decisión de partir por parte de don Jerónimo y Carlos, tan pronto salga el sol al día siguiente. Carlos no expresa ningún rencor y, por el contrario, da verdaderas muestras de una madurez que lo coloca a la altura de las circunstancias. Es tal su rectitud en cuanto a la amistad se refiere, que Efraín termina por confesarle que ama a María, lo cual es entendido por su amigo como digno de elogio al soportar una prueba como la que debió pasar en nombre de la prudencia.

Efraín confiesa a María que habló a Carlos de su amor hacia ella. Hay aclaración respecto a que las relaciones con el amigo continuarían tal como antes del episodio, y las cosas vuelven a su cotidianidad con el padre de Efraín quien, haciendo trabajar demasiado al muchacho en el escritorio, termina por dar a entender a María que en adelante no lo ocupará tanto para que puedan disponer de tiempo para ellos.

Comentario

Esta parte de la novela tiene un carácter más episódico. En ella, el novelista nos presenta a un Efraín experto en cacería, lo cual lo extrae un tanto de su constante inclinación a la descripción del sentimiento amoroso, a las lentas contemplaciones idílicas de la naturaleza, a los devaneos sentimentales en torno a su familia y a María. Aquí hay un hecho concreto que lo atormenta, pero a partir del comienzo de la historia de la cacería, esto parece olvidarse: es la conciencia de saber que mientras él se aventura tras la presa, Carlos se encuentra en su casa, como símbolo de la usurpación. No obstante, como se dijo, todo se olvida aquí, y se da rienda suelta a una detallada descripción más de tipo exterior sobre la cacería del tigre, lo que es fácilmente detectable por parte del lector como un viraje en la técnica narrativa. Hemos emergido del plano puramente introspectivo para llegar a la exuberancia de los exteriores, donde vemos los movimientos ágiles de los cazadores tras la presa, la bravura de ésta, el elemento cómico del negrito Juan Angel al saber que la empresa tiene que ver con un tigre, pero también asistimos al arrojo de los hombres, sobre todo de José, Braulio y Efraín, quienes hacen frente al felino como si fuera la caza su profesión. Efraín lleva la mejor parte -lo que lo convierte ahora en un héroe de aventuras- al acertar con un disparo en la frente del felino que ha destrozado ya tres perros, herido a otros, y justo en ese momento se dispone a atacar a Braulio quien se ha arriesgado demasiado. Sin embargo, este episodio novelesco ha estado precedido también del elemento amoroso, ahora por parte de Braulio y Tránsito, con similares características al de Efraín y María. Hay en él mucha ternura, timidez extrema y ese candor que sugiere una castidad a toda prueba.

Pero como contraste a estas situaciones está el regreso de Efraín a su casa para enfrentarse a su propia realidad, donde ya de nada sirve el heroísmo batallador. Ahora su lucha es consigo mismo para contener la imprudencia del dolor y hasta del disgusto. Pero de nuevo revela una sangre fría similar a la exhibida en su enfrentamiento con el tigre. Su conducta en casa, al lado de Carlos y su padre, es siempre dirigida por la sensatez, para hacer a un lado los pensamientos de desasosiego que lo embargan. Es tal la sutileza de su comportamiento que no hay una sola persona en casa capaz de vislumbrar un asomo de incomodidad por su parte. Incluso ni cuando utiliza la burla velada y la ironía en su charla en la escena de las canciones, es posible detectar algo más que un mínimo desafecto hacia el visitante, cuya causa sin duda se atribuye a razones muy lejanas de los celos de enamorado que pierde una batalla.

Por otro lado, el mismo autor utiliza la ironía para rezaltar la diferencia entre Efraín y Carlos. El primero viene de exponer su vida en la cacería del tigre, hecho que, como ya se dijo, tiene mucho de heroico y que lo engrandece a los ojos del lector, pues además de enfrentarse a la fiera, ha tenido la suficiente sangre fría y la audacia de salvar la vida al compañero de caza. Es pues, aquí, símbolo del valor; Carlos, por su parte, quiere participar en una cacería de venado. Éste es un mecanismo de Isaacs para colocarlo en un plano inferior ante Efraín. ¿Qué puede tener de heroico agotar a un venado para después eliminarlo con una escopeta que podría ser de caza mayor? Es evidente la intención del autor. Pero no se detiene aquí, también termina por ridiculizarlo por medio de Braulio, quien le entrega el arma sin munición. Esto, además, es producto de la actitud pedante por parte del invitado quien se burla con desfachatez de los perros que aquel había traído para ayudar en la cacería. Hay que tener en cuenta el dolor de Braulio al ver calificados a los perros -compañeros muy estimados en el campo- con expresiones humillantes y que los descalifican de toda acción. Su venganza, en lugar de parecer poco decorosa, resulta simpática y quien lee piensa que es bien merecida.

Al observar el comportamiento de Efraín en situación tan embarazosa, se pueden hacer dos deducciones: Efraín tiene un dominio de sí mismo poco común, o está demasiado seguro del amor que María le profesa. Aunque no hay que descartar lo primero, es posible inclinarse por lo segundo. Él lleva la ventaja del tiempo que ha pasado junto a la muchacha, de conocerla a fondo, de estar en su propio terreno, en fin, de cuanto elemento se requiere para inspirar confianza en alguien de naturaleza reflexiva y firme. Sin embargo, no hay que olvidar las órdenes de su padre en cuanto a alejarse de la joven. Pero esto no es suficiente para desequilibrarlo. Además, no hace falta ser un gran observador para comprender que Efraín subestima un tanto al "contrincante" y sabe que María no pondría los ojos con interés sobre ese ejemplar de hombre físico, pero carente de las muchas cualidades de que él se sabe poseedor. En pocas palabras, está seguro del amor de María. Y el beso indirecto de la pareja es la forma más bella que pudo escoger el autor para demostrarnos que el amor sobraba en ellos. Y es Juan, el hermano menor, quien lo facilita:

"Medio arrodillado yo, enjugaba con mi pañuelo la frente al chiquito.

" -¡Ay! -exclamó María-, ¿acaso vi que se había dormido? Voy a acostarlo.

"Y se acercó a tomar a Juan. Yo lo estaba alzando ya en mis brazos, y María lo esperaba en los suyos: besé los labios de Juan entreabiertos y purpurinos, y aproximando su rostro al de María, posó ella los suyos sobre esa boca que sonreía al recibir nuestras caricias y lo estrechó tiernamente contra su pecho."

Este beso indirecto nos lleva a pensar que muy seguramente entre las lecturas de Isaacs se encontraba el poeta latino Ovidio, quien aconsejaba a los amantes *"que beban en la misma copa de sus amadas, poniendo sus labios en el mismo sitio que ellas". (Arte de amar, I, v. 576).* Hay que tener en cuenta que para llegar a tal osadía en la época en que se desarrolla la novela, y en su espacio, Efraín y María debían estar en tal ansiedad de demostraciones de amor, que se aventuran a todo, sin importar quién se halle ante ellos, aunque siempre con el temor de ser descubiertos en su secreto.

La negativa de María a Carlos ya era esperada, pero la reacción de éste no deja de sorprendernos. El personaje parece tener un viraje total en su actitud y aquí muestra una madurez que fácilmente la imaginamos sólo en Efraín. Parece un acto desconocido para nosotros los lectores, que sin ningún reparo hubiéramos aceptado un comportamiento airado si no indignado, con el orgullo herido. No; el rechazo es recibido con la dignidad del buen perdedor y en ningún momento da muestras de debilidad. Y esta conducta no es sólo con María sino con el resto de los concurrentes, incluyendo a Efraín quien, a su vez, responde a esta manifestación de cordura con la confesión de su propio amor por la muchacha. Todo termina de un modo desconcertante, aunque no carente de convicción, y se podría decir que el episodio de Carlos como pretendiente, tiene un final feliz.

Capítulos XXXI - XXXIX
Resumen

Las expresiones de amor continúan y esta vez María lo manifiesta obsequiando a Efraín un bucle de sus cabellos. La familia de José ha venido a la hacienda y se dispone todo para la boda de Tránsito y Braulio, pues Efraín y María serán los padrinos. Al otro día, de nuevo Efraín debe acompañar a su padre a visitar las fincas del valle y las muchachas preparan la comida y demás necesidades del viaje, en medio de las bromas del padre, quien sospecha que tantos preparativos van destinados más al bienestar del joven -pues María es la más atareada- y que para él no hay tantas consideraciones. Antes de partir, Efraín es recíproco con su novia, y en un momento de descuido familiar, permite que ella también corte un mechón de su cabello para que lo conserve de recuerdo. Todo es disimulo, y se separan para entrar al comedor por puertas separadas.

Las desgracias ahora no se presentan por el lado de María: en el viaje el viejo recibe una carta en la que se le comunica su descalabro económico, producto de su confianza en los hombres, como él mismo expresa abatido. Pide al muchacho que mantenga en secreto la tragedia, y sobre todo no debe comunicar nada a su madre para evitarle penas innecesarias. El asunto es grave y Efraín se ve igualmente afectado.

María narra a Efraín que en su ausencia estuvo temerosa, pues había visto un ave negra, y él comprueba que había sucedido en el mismo momento en que el padre recibía la infausta noticia. Igualmente entendió que era la misma ave negra que le había azotado las sienes durante la tempestad de la noche en que a María le repitió el acceso, y la misma que había oído zumbar ya algunas veces sobre su cabeza al ocultarse el sol.

Por primera vez, Efraín aborda el tema de su próximo viaje al extranjero. Habla de una separación de varios años. Sin embargo, confiando a María el revés económico de la familia, acuerdan que si argumentan la necesidad de permanecer al lado de su padre hasta su recuperación económica, podrán a su vez distanciar el momento de la separación.

Luego del viaje al pueblo para el asunto de la boda, la familia encuentra al padre enfermo. Aunque pretende no tener nada grave, su salud se ve peligrosamente atacada por fiebres que lo llevan a delirios en los que pronuncia con frecuencia el nombre del culpable de sus problemas económicos. Traen al médico y éste pone todo su empeño en su curación, aunque hay momentos en los que parece perder toda esperanza en su ciencia y dejarlo en manos de Dios. En una charla con Efraín le explica que la enfermedad puede ser producto de sus disgustos y le dice cómo el ser humano convierte en dolencias físicas sus grandes preocupaciones. Al fin, tras una lenta recuperación, el padre puede comenzar una vida normal.

Pero las penas de Efraín y María no se detienen. Llega una carta del señor A***, en la que anuncia su viaje a Europa para dentro de un mes y, como habían acordado, Efraín debe acompañarlo. Éste decide entonces poner su plan en marcha y con toda la solemnidad que la relación exige, expone a su padre la conveniencia de permanecer a su lado mientras logran superar la crisis económica. Todo lo dicho por el muchacho es agradecido sinceramente por el viejo, pero determina que a pesar de las circunstancias, lo mejor es que viaje a iniciar sus estudios en el extranjero. Nada se puede hacer. Sin embargo, en esta ocasión trata de tranquilizarlo refiriéndose a que, cuatro años después, cuando regrese hecho un profesional, María será su esposa. Ésta, sin embargo, recibe la noticia del precipitado viaje con dramatismo. La madre trata de consolar a Efraín con las mismas razones que el padre, y por último los muchachos son convocados a una reunión familiar en la que deben hacer promesa solemne de compromiso delante de sus padres. María esperará hasta el regreso de Efraín para contraer matrimonio.

Comentario

Hasta hace poco tiempo el uso del guardapelo era algo corriente en nuestras costumbres; por lo tanto, no debe extrañarnos que en la novela se soliciten y obsequien bucles y mechones para conservar como recuerdo y como prueba de sumo afecto. En el caso de los enamorados, esta manifestación sentimental era muy corriente. Es por eso que vemos a Efraín pedir casi con vehemencia tal prueba de amor a su novia. Por supuesto, como se ha podido apreciar en la lectura hasta aquí, el romance de los dos ha conservado ese carácter reservado y pudoroso que impide este tipo de expresiones en público; de ahí el misterio que rodea dicha prueba de amor. María teme que se note el lugar donde ha cortado de su cabello y la forma como al fin entrega ese manojo de pelo a su amado nos parece tan secreta como si le entregara la solución de un acertijo que el mundo debe desconocer.

Sin embargo, el secreto de su amor parece que sólo en la mente de ellos existe: es tan conocido en la casa, que incluso su padre, el respetado hombre a quien todos se dirigen con cierta reserva y prudencia -aunque lejana del temor-, hace bromas a los enamorados como si gozara a sus anchas del suspenso en que los muchachos viven. Él entiende tal actitud y la respeta, pero le divierte y la observa con la indulgencia de la experiencia en estas tareas. Hace sonrojar a María en más de una ocasión y, aunque Efraín no nos comenta lo que él mismo experimenta en esos momentos de expansión paternal, debemos imaginar que se siente tan avergonzado como la muchacha. El viejo nota que al preparar las viandas y demás necesidades para el viaje, María es la más dedicada, sin dudar en equiparlos para un viaje muy remoto cuando apenas si van a visitar las fincas del valle para regresar a los pocos días. Y se lo hace ver: le da a entender que los preparativos van más dirigidos a Efraín que a él mismo y se divierte como un niño del resultado de sus mofas, goza a plenitud de la vergüenza en el rostro de María y seguramente en la cara que pondrán los otros al constatar una vez más la violación inocente de un secreto tan "bien" guardado. Por otro lado, sería innecesario aclarar que al muchacho no le agrada nada la idea de abandonar la hacienda para acompañar a su padre por el simple hecho de que no quiere separarse de María. Es evidente que de no ser por esto, acudiría encantado al lado de su viejo y al lugar que éste eligiera sin ningún reparo. De nuevo tenemos la reserva de Efraín en cuanto a la molestia de partir, pero debemos imaginarnos todo lo que sufre cada vez que al hacendado se le ocurre mencionar dichos viajes.

Y él también debe dar muestra de su amor. Luego de aguardar con mucha expectativa un descuido de la familia, permite que María corte también un mechón de su cabello. La escena tiene todas las características de un gran misterio. Por lo tanto, deben separarse después para entrar al comedor por puertas diferentes, no sea que los demás sospechen que se estaban prodigando amores.

Pero nunca faltan los contrastes para dar variedad al texto. Luego de estas escenas divertidas y muy ligeras, se presenta la densidad de lo dramático, ahora en el campo económico. El padre sufre un gran revés financiero. Isaacs, como en la escena picaresca anterior, está dando robustez al personaje del padre. Es decir, paulatinamente nos lo va exponiendo desde todas las perspectivas y no debemos negar que hace un excelente trabajo. Prácticamente sentimos que ya conocemos a ese hombre como si lo hubiéramos tenido largo tiempo a nuestro lado. Es la prudencia, la jocosidad y la bondad que por sí solas inspiran un respeto muy afectuoso. Y este sentimiento se incrementa con las palabras que dice al recibir la noticia de la gran pérdida de capital. Se queja, es cierto, de haber confiado siempre en los hombres y de ahí su mala suerte. Pero este punto lo engrandece y nos dice lo que ha sido toda su existencia: el típico hombre generoso que se ha hecho a base de esfuerzo y de buena fe, lo que le ha ocasionado tremendos problemas como el actual, incide en su pena: es madrina de matrimonio de Tránsito y Braulio. Ha visto la dicha pintada en los ojos de estos, ha experimentado lo mismo que la otra muchacha o espera llegar a hacerlo y esto no es fácil de olvidar. Si tenemos en cuenta su vida, la tranquilidad de la casa, la aburrida cotidianidad, el ver pasar los días uno tras otro sin nada meritorio, y de repente se le llena el espíritu de una ilusión que promete el fin anhelado de la boda, se puede comprender lo difícil y dolorosa que sería para ella una separación de años en tales circunstancias. Isaacs no exagera: comprende al ser humano.

Capítulos XL - L

Resumen

Llega la noticia de que Feliciana, la negra servidora de la casa, que se halla en un lugar cercano, está gravemente enferma. Efraín se apresura en acudir a su lado y mientras da muestras de consideración a la moribunda, recuerda el origen de esta servidora contado por ella misma cuando Efraín apenas era un niño. El relato es una historia de amor como pocas se conocen. Había sido una princesa africana de la tribu achanti que, como era usual en la época del tráfico de esclavos, había sido separada de su esposo, también hijo de reyes, y conducida en calidad de esclava hasta el golfo del Darién donde había sido comprada por el padre de Efraín al regresar de las Antillas con la niña Ester (María) de tres años. Luego de recibir la libertad de éste, Feliciana, cuyo nombre aborigen era Nay, decide permanecer con la familia, siempre nutrida con el recuerdo de su esposo Sinar, de quien jamás volvió a saber nada y cuyo personificación se halla en Juan Angel, el hijo que tuviera de él tiempo después de ser capturada por los traficantes. Al terminar con estos recuerdos, Efraín es testigo de los últimos momentos de la vida de Feliciana y del profundo dolor de Juan Angel.

Los encuentros con María se repiten y ahora el tema recurrente es la separación que los acecha. En una de estas entrevistas deciden cambiar de anillos como refrendación de su amor y su compromiso, pero son interrumpidos por los aleteos del ave negra que de nuevo viene a imponer su simbolismo nefasto ante los enamorados.

No obstante, el tiempo pasa y Efraín empieza a hacer visitas de despedida a los vecinos. Tiene un encuentro muy cordial con Carlos y luego de cierta intimidad en la que el amigo habla de sus posibles amores y agota otros temas, se ofrece a servir de padrino en la boda de Efraín y María, siempre con expresiones de arrepentimiento por haberla pretendido, pero sin ningún resentimiento.

En el camino de regreso Efraín se encuentra con Custodio, campesino y compadre suyo. Este le hace algunas confidencias sobre su hija Salomé que en apariencia ha dejado a su novio Tiburcio y ahora anda en flirteos con Justiniano, hermano de Carlos, cosa que al compadre no le agrada. Pide ayuda a Efraín para que por su intervención consiga que la muchacha vaya a la hacienda de su familia para alejarla de la tentación. En medio de la charla llegan a casa de Custodio y, paseando por los alrededores, Efraín sostiene un coloquio con Salomé respecto de sus amores dudosos. Ella le confiesa amar a Tiburcio y se limpia de toda culpa respecto a Justiniano, pero a su vez no desperdicia oportunidad de coquetear descaradamente a Efraín en una seducción natural que no puede evitar.

Luego de despedirse, se encuentra con Tiburcio y nuevamente entra en confidencias y termina por sacarle la promesa de que intentará mejorar su relación con Salomé. Y al fin regresa a la hacienda. Esta vez sus encuentros con María tienen un cariz doloroso, pues ya el planteamiento del viaje limita toda otra conversación y las muestras de dolor por ambos lados se repiten mientras las promesas de lealtad se combinan con las del sufrimiento.

Comentario

Uno de los episodios más hermosos, aunque más discutidos del libro, es la historia de Nay y Sinar. Algunos críticos han afirmado que este relato no debía pertenecer al libro, pero es común en la literatura del Romanticismo y en la de otras corrientes literarias anteriores, que se intercalen relatos en medio de la historia principal. Sin embargo, creemos que la historia de Nay pertenece y está perfectamente ensamblada en el contexto, ya que lo enriquece no sólo en el plano de lo estético, sino que, ciñéndose a los ideales del Romanticismo, se propone como la gran protesta de Isaacs contra una institución envilecedora: la esclavitud. El exotismo del relato es también un elemento romántico muy característico y éste, de por sí, eleva el libro a los límites de la fantasía y la imaginación de un modo que nos hace reafirmar en el juicio valorativo sobre el talento del autor, logrando dar variedad al texto, sacándolo del plano puramente regional del Valle del Cauca, para llevarnos en la imaginación al Africa de los achanti con su cultura extraña, pero también con el tema universal del amor. Un amor que por sus características desgraciadas, podría constituir un paralelo con el de Efraín y María.

La muerte de Feliciana (Nay) nos devuelve bruscamente a la realidad narrada y específica de la novela. Isaacs no pone freno a sus descripciones de tristeza, y el dolor de Juan Angel al ver desaparecer a su madre duele, pues el autor nos lo expone con un realismo que toca lindes con lo patético, y da la impresión de que asistimos a la muerte de un ángel. Es un verdadero acierto de Isaacs narrar la historia de Nay poco antes de su muerte; ésta es la mejor manera de lograr su propósito de producir una especial simpatía con el personaje: exponer sus sufrimientos antes de su deceso. Es por eso que así como la historia de María jamás podrá ser olvidada por quien haya leído el libro, la servidora Feliciana, en su pasado llamada Nay, está destinada a acompañarnos como ente independiente y símbolo también de pureza y padecimiento.

La visita a Carlos vuelve a resaltarnos el cambio sufrido en el joven. Igual que en los últimos momentos de su entrevista pasada, Carlos hace despliegue de comprensión y madurez. Ahora es el hombre afectuoso que manifiesta su preocupación por el bienestar del amigo y que contrasta ostensiblemente con el Carlos que el autor nos mostró en sus primeras menciones. Pareciera que Isaacs, jugando un poco con el lector y el personaje, nos lo hubiera presentado en planos muy diferentes, de acuerdo con las necesidades del texto. Es decir, cuando requiere que el personaje sea desagradable y carente de virtudes para producir un efecto en el lector, así lo propone, pero, cuando las necesidades lo requieren, lo transforma en un dechado de virtudes que despierta simpatía y consideración. Ahora este muchacho es la encarnación del afecto, la prudencia y el arrepentimiento de actos que seguramente lo avergüenzan, y lo sitúan muy lejos de la fatuidad que creíamos era su constante. Ante el rechazo de María, opone su ofrecimiento a ser el padrino de bodas de ella y Efraín; a las burlas prosaicas, opone una sinceridad por el futuro de su amigo, que realmente nos convencen de su lealtad.

A su visita a Carlos, sigue el encuentro con Custodio, un campesino de quien es compadre. Aquí vuelve a darse el humor, no por el asunto tratado con el viejo, sino por la forma simpáticamente incorrecta de su lenguaje. Isaacs nos da una buena muestra de su conocimiento de la historia tratada. Así como los personajes de ciertos niveles culturales, como la misma familia de Efraín manejan un castellano que incluso se pasa de lo formal, las expresiones de Custodio son una exhibición del hablar campesino de nuestra tierra. Nos parece ver al viejo con ese manojo de expresiones proverbiales del pueblo y el desparpajo con que ilustra su pensamiento con los recursos lingüísticos de que echa mano sin que nada sea obstáculo para exponer exactamente lo que piensa. Igualmente risible es su cuidado de la virginidad de su hija y esa nota típica de considerar que ella debe pertenecer a un hombre de su misma condición social, porque de otra manera nada bueno debe esperarse. Todo en él es prevención. Está seguro de que el hermano de Carlos sólo persigue en ella la deshonra, y esta idea lo desequilibra. Al ver que el problema se le sale de las manos, pide a Efraín que se la lleve a su hacienda con su madre para alejarla de las peligrosas tentaciones que ese hombre representa.

Igualmente interesante es el coloquio sostenido entre Efraín y Salomé, la dama de los conflictos. Ella es una especie de fierecilla que a nada se acomoda. Su voluptuosidad es recalcada por el autor y desde un comienzo se comprende la desesperación del padre. Es coqueta en extremo y quiere ser una mujer deseada, aunque de una manera que se acerca más a una ingenuidad natural que al deseo de arrasar con los hombres. Sin embargo, en medio de sus explicaciones sobre los celos de Tiburcio y la estrategia del silencio que le ha aplicado, y el desinterés por el hermano de Carlos, hace movimientos que exponen su cuerpo a la observación, se trepa en una cerca de la que sabe que al bajar quedará en una posición impúdica y en sus palabras al fin se desatan insinuaciones que rayan con el descaro. No obstante, Efraín no muestra el más leve interés, y se limita a querer arreglar las cosas entre los dos novios y parece conseguirlo en cuanto a Salomé respecta. Ella es el aspecto carnal de la novela. En María todo es espíritu y había que mostrar el otro aspecto de la vida que en la hacienda se niega. La tentación lleva la peor parte y pareciera que Isaacs nos estuviera dando una lección de moral en la que la castidad y el espíritu priman sobre la carne y la seducción, aunque en ningún momento lanza un discurso al respecto, ni siquiera una frase condenatoria. Simplemente presenta cuadros de conducta que el lector puede interpretar a su manera. Posteriormente Efraín habla con Tiburcio y lo convence de tornar a la muchacha y mejorar su conducta. Hace, pues, el papel de casamentero, valiéndose del prestigio de su familia y de su condición de "blanco" respetable, aunque también de su sinceridad y afecto convincentes para quienes lo escuchan. Acaso sólo esto último bastaría para conseguir la audición de los demás.

Pero, al mismo tiempo, él tiene su propio problema. La charla posterior con María está tan llena de incertidumbres sobre su futuro amoroso, que impide cualquier otra observación. Ya todo pensamiento está velado por las palabras inevitables de la partida y en esto se llega a tal extremo que pareciera que su ausencia se daría de inmediato. Y aún faltan algunos días. Hablan de árboles que simbolizarán su amor, de pedazos de flor dentro de las cartas, de la posibilidad de que Efraín conozca mucha gente interesante mientras María se queda sola nada más esperando el pasar de los años para volver a reunirse con él. En una palabra, están enajenados por el tormento de la separación.

Capítulos LI - LXV

Resumen

Dos días antes de partir, Efraín visita la familia de José. Allí transcurren las horas en medio del amor que todos le prodigan, y nadie, por respeto al momento de felicidad que viven, se atreve a mencionar el viaje. Hay coloquios y picardías por parte de Efraín para con Lucía, la hija soltera de José y Luisa, respecto a un hermano de Braulio que parece interesarse por ella. Al final, viéndose obligados a afrontar el momento de la despedida, todo es llanto por parte de las mujeres que de veras lo quieren, un fuerte abrazo de Braulio, a quien ha obsequiado su escopeta como recuerdo, y el dolor tan profundo del viejo José que prefiere decirle que al otro día visitará su hacienda para no pasar por la amargura del adiós.

Al regresar, por primera vez se enfrenta al hecho de que María no se presenta para permitirle el saludo. Pregunta por ella en vano y al cabo del rato ella se deja ver. Simplemente quería castigarlo de esta forma inocente por haberse demorado tanto en la montaña. La entrevista, sin embargo, tiene la dicha del verdadero amor. Ella ha planchado las camisas de su viaje y se muestra, al contrario de lo que podría esperarse, optimista, pues aún cuentan con el otro día para pasarlo juntos. Le propone lecturas y compañía total. Después se despiden porque sienten que por ese día han terminado sus momentos de intimidad y saben que estar rodeados de la familia es como si se hallaran separados.

Y llega el día de la partida. El llanto abunda y la congoja reina en los habitantes de toda la casa, desde sus padres hasta el criado más humilde. La despedida de María es francamente desesperada.

Ya en Londres, Efraín evoca con nostalgia la naturaleza americana y en medio de descripciones de lo que ella le inspira, lee una carta de María en la que le narra en detalle el vacío que reina en la hacienda luego de su partida. El tiempo pasa y las cartas de María, que eran muy frecuentes, comienzan a demorar. Al fin se presenta el señor A*** con cartas para él. Una de ellas es de María, quien le informa de la enfermedad que ha debido ocultarle por más de un año. Le pide que vuelva pues sólo su presencia podrá salvarla de la muerte. Una carta de su padre es determinante: debe regresar cuanto antes.

Ya en Buenaventura es recibido por Lorenzo, un servidor de su padre. Descansan en casa del Administrador del puerto y a la madrugada siguiente navegan por el río Dagua, junto con dos bogas, el Cortico (Gregorio) y Laureán. Llegan a San Cipriano y se hospedan en casa de la negra Rufina. Efraín detalla la naturaleza en sus encantos, misterios y peligros representados en las enormes serpientes y en los murciélagos que rodean la casa.

El viaje continúa, y luego de innumerables penurias y contratiempos llegan a Juntas. Efraín se despide de los bogas y luego de darles una carta para el Administrador, pasa la noche en casa de D***, un amigo de la familia. Siguiendo el camino, se encuentran con unos arrieros; uno de ellos, el caporal

Justo, luego de saludarse con Lorenzo, reconoce a Efraín. Cuando se despiden, el caporal llama aparte a Lorenzo y algo hablan que Efraín no puede escuchar. Sin embargo, al avistar el Valle del Cauca, se entera por su amigo que su familia se ha trasladado a Cali. Se dirige a la casa y allí, ya en la oscuridad, siente que unos brazos de mujer lo rodean en medio del llanto. Cree que es María, pero al verificar se encuentra que es su hermana Emma, quien viste de negro y no para de llorar. Acto seguido, es informado por su madre que María ha fallecido. Él pierde el sentido. Vuelve en sí a las veinticuatro horas y pide con vehemencia a su hermana Emma los detalles de los últimos días de María. Emma lo complace, aunque conocedora del dolor que le causa, pormenoriza cada uno de aquellos momentos de pesar en los que María ha perdido lentamente su fortaleza hasta su muerte, luego de confiarle mensajes para Efraín y de una reposada agonía. Le habla también del sufrimiento de su padre al saberse culpable de la separación que ocasionara la muerte, y del entierro. Le cuenta que todos dejaron en seguida la hacienda de la sierra para dormir en la del valle, y luego se trasladaron a Cali. Días después, Efraín recibe de Emma la llave del cofre de los recuerdos que María le ha legado. Este va hasta Santa R. donde está su padre, quien le pide perdón por haberlo separado de María y por no haberle hecho apresurar su regreso.

Efraín decide ir a la hacienda de la sierra. Allí se sumerge en la pena al repasar recuerdos. Su amargura es tal, que por un momento pasa por su mente buscar la muerte lanzándose al abismo, pero es detenido por Tránsito quien le pide que se aleje de allí y lo conduce con afecto al lado de su esposo Braulio y de su hijo de seis meses que él no conocía.

Más tarde, luego de leer las cartas que escribiera a María, mientras acaricia sus trenzas que ha sacado del cofre de los recuerdos, se duerme y sueña ya casado con la joven. Al final, visita la tumba de la ausente donde de nuevo es vencido por el desconsuelo hasta que Braulio lo extrae de la pena para que se alejen de allí. Al hacerlo, Efraín ve que el ave negra ocupa su lugar en la tumba y bate sus alas sobre la cruz de su amada.

Comentario

En la despedida de la familia de José, el autor acentúa el cariño que dichos personajes han profesado al protagonista a través de toda la obra. Pero hay un hecho curioso: pareciera que a Efraín le hubiera quedado gustando su papel de casamentero. Esta vez dirige su atención hacia la hija soltera de José para soltarle al oído que un hermano de Braulio podría haber puesto sus ojos en ella. La reacción de la muchacha es la esperada: entre turbada y abierta, entre emocionada y púdica, tímida. La ternura de esta gente sigue siendo señalada en detalles, como por ejemplo evitar la mención del viaje, aunque no ignoran que la visita es de despedida. El autor no quiere que el sentimiento de los antioqueños pueda ser ignorado por el lector, y por medio de aparentes insignificancias va creando un *crescendo*, un suspenso narrativo que culmina en el torrente de lágrimas por parte de las mujeres, Luisa y sus dos hijas en el momento de la partida, un fuerte abrazo de Braulio en el que se comunica la profunda amistad, y esa evasión del buen José, que no se siente con fuerzas para despedirle y prefiere mentirle diciéndole que al otro día irá a la hacienda. Efraín sabe que no irá, pero esta prueba de cariño queda imborrable en él por ser la más sentida. El dolor del adiós es enorme y el campesino sabe que llegado el momento se derrumbará seguramente en lágrimas que por ahora prefiere tragarse. Es la rudeza del hombre del campo que ve algo indigno en la debilidad, y la evade.

Su regreso a casa está matizado con el juego, la picardía de María que en una demostración de falso disgusto por su tardanza, se oculta para crearle incertidumbre. Es natural que lo logre. Efraín está habituado a encontrarla de inmediato a sus regresos y su ausencia lo inquieta. Se da aquí ya una especie de prefiguración del matrimonio en el que hay ciertas exigencias que cumplir. Aunque el asunto es divertido, también es evidente que en el trasfondo hay mucho de seriedad, contagiada seguramente del ejemplo de los padres. Sin embargo, ella no ha estado ociosa en la ausencia de su novio. Siempre en busca del bienestar del muchacho y de estar ligada a su vida aunque se vaya, plancha sus camisas del viaje para acompañarlo con el contacto de su mano laboriosa en aquellas prendas que se unirán a su piel. Es otra manera de fundir sus cuerpos y nos remite al beso indirecto que los ha unido anteriormente. Es la necesidad de aprovechar al máximo las posibilidades, y una muestra de ello es también la convicción de Efraín respecto a que incluso al estar rodeados de la familia es como si estuvieran separados.

Y al fin llega el día de la partida tan anunciada de una y otra forma por el autor. El llanto vuelve a ser abundante y la desesperación reprimida es tal, que por momentos nos sentimos ante la despiadada fatalidad de algunas piezas teatrales de la antigüedad griega. Y, como es obvio, la expresión de mayor dolor está en María. Los demás miembros de la familia pueden atenuar su pena con el pensamiento de que el muchacho se va a fabricar un futuro en su propio beneficio y en orgullo de ellos mismos. María parece desconocer tales contracorrientes que mitiguen dolor, y sólo sabe que su amado parte y la deja en la soledad del sentimiento. La escena es patética: *"María, sentada en la alfombra, sobre la cual resaltaba el blanco de su ropaje, dio un leve grito al sentirme, volviendo a dejar caer la cabeza destrenzada sobre el asiento en que la tenía reclinada cuando entré. Ocultándome así el rostro, alzó la mano derecha para que yo la tomase: medio arrodillado, la bañé en lágrimas y la cubrí de caricias; mas al ponerme en pie, como temerosa de que me alejase ya, se levantó de súbito para asirse sollozante de mi cuello. Mi corazón había guardado para aquel momento casi todas sus lágrimas.*

"Mis labios descansaron sobre su frente... María, sacudiendo estremecida la cabeza, hizo ondular los bucles de su cabellera, y escondiendo en mi pecho la faz, extendió uno de los brazos para señalarme el altar. Emma, que acababa de entrar, la recibió inanimada en su regazo, pidiéndome con ademán suplicante que me alejase. Y obedecí".

Y la tragedia real al fin se desata. Todo indica que a la partida de Efraín, la enfermedad de María despierta del letargo en que la ha sumido su presencia al lado de la muchacha. Él era su bálsamo, la fuerza que neutralizaba el mal y conjuraba la muerte. Por un capricho del padre -por supuesto sin ninguna intención condenable-, se ha ocultado al joven el verdadero estado de su novia, pero las cosas se precipitan a tal grado, que hasta él comprende que sólo el regreso de Efraín puede volverle la salud a María. Y le pide que retorne. El asunto es muy urgente. Y comienza la odisea del enamorado para llegar a tiempo a rescatarla del imperio de las tinieblas. La travesía por el río Dagua tiene todos los componentes de la gran aventura en la que se combina la impaciencia del joven y (por supuesto del lector) y el recurso del escritor para hacer más demorada la acción, manteniendo en vilo la historia de María por medio de descripciones detalladas del viaje de regreso de Efraín, la aparición de nuevos personajes como el Administrador, Lorenzo, los dos bogas, Cortico y Laureán, Rufina y su padre, y la misma naturaleza que sin dejar de tener ese carácter idílico que ha mantenido a lo largo del libro, nos presenta ahora peligros y acechanzas también premonitorios.

Isaacs escoge para este efecto al señor A***, quien siempre que aparece es portador de dolor: la primera vez, para ser quien precipite el viaje de Efraín a Europa, con lo que acelera el sufrimiento de los enamorados; después, es quien llega con las cartas que anuncian a Efraín el estado lamentable de la joven ya al borde de la muerte. Podría decirse que, guardando las proporciones, desempeña similar papel al del ave negra portadora de infortunios. Sin embargo, en la inclusión de tales recursos (paisaje diferente, hábitos de los habitantes que encuentran en la travesía, y los mismos personajes nuevos que acompañan a Efraín en la canoa), Isaacs no está ocioso mientras llega el desenlace de la novela. Él aprovecha esta técnica para enriquecernos con el conocimiento de nuevos caracteres y perspectivas del protagonista. En los bogas, por ejemplo, hay toda una nueva gama de costumbrismo y realismo, acudiendo para ello al lenguaje de nuevo autóctono y lleno de chispeantes humoradas y dichos que por un momento podrían ser un respiro ante la angustiosa situación que se ha vivido hasta entonces. Lorenzo es una extensión en la distancia del afecto profesado por los vecinos de la hacienda, José, por ejemplo, es la lealtad y la preocupación compartida, expresada en el buen servicio prestado al joven, y por su intermedio a la familia entera. La negra Rufina es de nuevo la voluptuosidad de Salomé, aunque en otra situación, pero la naturaleza cambia ostensiblemente para mostrarnos también su aspecto aterrador. Pareciera que Isaacs hubiera caído en la cuenta de que no todo en ella es candor y hospitalidad. Ahora, por lo menos en algunos momentos, nos parece estar ante la selva de José Eustasio Rivera, con los peligros en torno a los personajes, y el miedo de ellos ante la presencia de la culebra verrugosa y la sed de los vampiros sombríos que se transmite al lector como lo hará posteriormente el autor de *La vorágine*. Es más, hay quienes afirman que el mismo viaje de Efraín por el río, es uno de los antecedentes de la novela de Rivera tan pródiga en corrientes salvajes, en travesías peligrosísimas y bestias voraces.

Incluso para alguien que no conozca la historia de Efraín y María, es evidente que los padecimientos de éste por llegar pronto al lado de la joven son infructuosos, por el guiño que Isaacs le hace en el momento en que al despedirse de los arrieros, Lorenzo es llamado por Justo a un lado y para comunicarle algo que Efraín no puede escuchar. La sospecha del lector adquiere dimensión cuando Lorenzo, solamente en el momento de llegar a tierras del Valle del Cauca, osa decir al joven que su familia no se halla en la hacienda de la sierra, sino en Cali. Hay desconcierto por parte de Efraín, pero aún no se suelta la noticia de la desgracia. Isaacs sigue dando puntadas de expectación.

Y por fin se viene la tragedia para Efraín en una avalancha de pesares que de verdad es aterradora. Confunde a su hermana con María y la abraza como si lo hiciera con su novia. Ella está de negro y la conciencia de la fatalidad empieza a encapotar su visión. La forma como es expuesto el suceso, nos recuerda a Edipo rey cuando su círculo se va cerrando y todo lo señala culpable. Es la madre quien dice las palabras concluyentes y todo parece explotar en desesperación: *"Algo como la hoja fría de un puñal penetró en mi cerebro: faltó a mis ojos luz y a mi pecho aire. Era la muerte que me hería...Ella, tan cruel e implacable, ¿por qué no supo herir?..."*. Después, sólo viene el enterarse de lo que antecedió a la muerte de María. Hay una vehemencia tal en querer saberlo todo como si lo viera, que por momentos parece morbosa dicha obsesión. Efraín quiere sentir todo lo que ella tocó, quiere ver todo lo que ella vio, lleva a sus labios las prendas que María le ha legado al lado de sus trenzas. Lee y relee las cartas que ella recibiera de él. Intenta suicidarse a pesar de sus arraigadas creencias cristianas, y sueña con la boda realizada. Es su única forma de vivir la ilusión que desde temprana edad lo acompaña y que la naturaleza le niega, materializándola en Tránsito y Braulio, incluso en Nay y Sinar, y seguramente en Salomé y Tiburcio. Es como si el destino los hubiera escogido a ellos entre todos los habitantes de la tierra para enviarles su equivocación.

Y Efraín, a pesar de saber que fue su padre quien se obstinó en distanciarlos, quien prohibió a la muchacha comunicarle de su salud hasta último momento, jamás revela el más mínimo ánimo acusador hacia su progenitor. Sin embargo, basta con que el mismo viejo le pida perdón por su culpa, pues queda patente que el padre sufre tanto como el hijo, pues también ha perdido a un ser venerado.

La novela termina en un hecho que hemos esperado: la visita de Efraín a la tumba de María. Allí pierde toda voluntad y se descompone: es arrastrado a un acceso de pena que lo hace abrazar la cruz y decir frases que a más de uno han hecho llorar. Sólo Braulio, quien lo acompaña, logra desprenderlo del símbolo de muerte, y de nuevo la aborrecible ave negra reclama su imperio sobre la humanidad, aleteando sobre la cruz. Es como un sarcasmo del destino maldito e inmisericorde que después de la muerte mantiene firme su decisión de sembrar el terror entre los humanos.

TEMAS CLAVES DE LA OBRA

El amor

María es un ingenuo idilio sentimental, romántico, que ha sido comparado con *Pablo y Virginia* de J. H. Bernardin de Saint Pierre (obra donde el autor francés trabaja el exotismo paisajístico y el sentimentalismo), y con *Atala* de Chateaubriand, serie también de relatos exóticos, como también hubiera podido serlo, en cierto modo, la novela pastoril *Dafnis y Cloe* del sofista griego Longo, pero que no es imitación servil de nadie, sino espontáneo y sentido recuerdo de un primer amor purísimo, ideal en el más alto grado de romanticismo. Pero lo anterior no excluye cierto sensualismo, algo de fetichismo -por supuesto, muy delicado y cándido- por parte de Efraín quien se extasía en más de una ocasión besando y observando las prendas de la muchacha. No duda en hacer elogios muy detenidos del cuerpo de ella. Sus codos, la blancura de sus brazos, su cuello y sus manos, los pies desnudos que la joven pretende cubrir en actos púdicos, son materia de largas descripciones que obviamente nos indican pasión velada con delicadeza de palabras respetuosas.

Este amor es eterno pues cubre la totalidad de la vida del personaje que narra y se ha inmortalizado en las páginas de la novela de Isaacs. Por su parte, en María encontramos el amor que aguarda. Es la paciencia pura, la resignación que jamás es vencida y que, al contrario, se acrecienta con los obstáculos. Es el amor que destruye la materia antes que agotarse en sí mismo. Es decir, en ella el amor todo lo puede porque es espiritual. Aunque la novela toca otros temas importantes, desde un comienzo entendemos que el amor ocupará la generalidad de la obra, porque María sólo se puede concebir como símbolo de amor. A lo largo de todo el texto, sus actitudes, pensamientos y conductas están al servicio del amor. No hay un solo episodio donde nos encontremos con una María diferente a la María-amor, y no hay un pasaje de amor en donde no aparezca la imagen de María como arquetipo, como modelo. En los otros romances que se muestran en la novela, siempre gravita su presencia como indicativo de lo que es o debe ser un verdadero sentimiento amoroso, a pesar de que en aquellos se halle el ideal de antemano. Ella es la perfección, ella es amor.

La muerte

Como es común en el romanticismo, el amor y la muerte van unidos en una conjunción trágica. Desde el comienzo de la novela, y aunque la muerte no haya sido mencionada, se percibe cierta atmósfera densa, cierta inclinación a lo desconocido, que nos anuncia turbulencias y estados de ánimo agónicos. La simple partida del chiquillo Efraín fuera del seno familiar, no hace más que presentarnos una especie de muerte a escala menor. El hijo parte y el llanto invade un hogar. El dolor reina y el hijo debe experimentar lo desconocido. A su regreso todo parece brillar por la ilusión, pero no tardan en aparecer signos inequívocos de angustia. María se retira temprano a su habitación porque le duele la cabeza; falta a la mesa del comedor en un acto inusual en las costumbres de la época y... su mano tiembla. Su primer ataque oscurece la dicha y un ave negra que golpea la mejilla de Efraín, nos hace perder toda esperanza contra lo fatal: es la alegoría de la muerte que sonríe por primera vez y nos indica que su atención se ha depositado en aquella muchachita indefensa y amada para no desviarse ya a ningún otro lugar, porque es implacable y saborea con su rigor el padecimiento de quienes se le oponen.

Todo en adelante será ilusorio para los personajes de la novela y para el lector ingenuo. El ave sigue apareciendo siempre con azotes de humor negro y nos acompañará hasta el final de la novela. No importan los esfuerzos de nadie. Se le opone la presencia de un médico excelente, la fortaleza de una María decidida a todo, el coraje de un joven que asume riesgos para conjurarla, las oraciones de una anciana devota, el afecto sincero de las hermanas, y, sobre todo, el amor, pero nada se consigue y todos se constituyen así en peones de divertimento del destino que ya ha hecho su elección nefasta.

El paisaje

Este aspecto de la novela es curioso e interesante de estudiar, debido a los muchos comentarios que ha suscitado. El crítico colombiano Eduardo Camacho Guizado, dice al respecto: "... El paisaje de *María* es como un anillo que estrecha los personajes y la trama sentimental; su característica más evidente es la inmediatez (a veces nos salta la impresión de que los personajes están metidos en un invernadero). En ocasiones la naturaleza se hace invasora de lo humano, se transforma también en personaje o poco menos".

«En una de aquellas noches de verano en que los vientos parecen convidarse al silencio para escuchar vagos rumores y lejanos ecos; en que la luna tarda o no aparece, temiendo que su luz importune...»

"El paisaje es un estado de ánimo, como se ha dicho, y en muchas ocasiones parece conformarse de acuerdo con las modulaciones sentimentales, en clarísima *pathethic fallacy* [mentira patética] romántica. La correspondencia entre ambiente y plano humano se hace frecuentemente tan estrecha, que es difícil establecer los límites entre sentimiento y naturaleza. Ésta se torna trágica o alegre, tenebrosa y amenazante o luminosa y cómplice, según los protagonistas atraviesen por momentos de tristeza o felicidad. Después del acceso epiléptico de María, Efraín sale:

«Cuando salí al corredor que conducía a mi cuarto, un cierzo impetuoso columpiaba los sauces del patio; y al acercarme al huerto lo oí rascarse en los sotos de naranjos, de donde se lanzaban las aves asustadas. Relámpagos débiles, semejantes al reflejo instantáneo de un broquel herido por el resplandor de una hoguera, parecían querer iluminar el fondo tenebroso del valle.»

Y aquí se localiza lo que se prodría llamar una de las fallas de la obra. Cierta facilidad, cierta abstracción, cierta idealización también en lo no idealizable impunemente".

La esclavitud

Aunque muchos críticos han afirmado que la sociedad plasmada en María es un mundo idealizado en que todos los personajes son buenos y nobles, se puede cuestionar dicha afirmación. Ante todo, nada de noble tiene una sociedad que admite la institución abominable de la esclavitud. Isaacs demuestra la preocupación del Realismo al censurar esta vulgaridad inhumana. Efraín pregunta a Emigdio por qué un muchacho tiene el brazo mutilado; su amigo contesta que lo había metido en el trapiche, y se queja de la estupidez de los esclavos, y añade que ya el joven no sirve más que para cuidar caballos. La simple inclusión de este pasaje nos muestra que el autor se aterra ante tal desconsideración. Pero la mayor protesta contra la esclavitud la encontramos en el relato de Nay y Sinar; el dolor de los desgraciados que se ven separados de sus familias; los horrores de los buques que transportan los esclavos, las propuestas depravadas que hacen algunos traficantes a las negras más bonitas, etc. Es pues, un tanto apresurado afirmar que la novela nos presenta una sociedad idealizada.

LOCALIZACIÓN

ESPACIAL O GEOGRÁFICA

El aspecto espacial de *María* tiene características muy curiosas y hasta desconcertantes. El crítico norteamericano Donald McGrady es quizá quien mejor ha investigado y comprendido este fenómeno, y por tanto es conveniente seguirlo en sus planteamientos.

Dice el investigador que casi siempre Efraín especifica con una puntualidad minuciosa los lugares por los que pasa en Colombia. Esto se ve -continúa- sobre todo en los capítulos LVII a LX, donde el narrador describe su viaje por el río Dagua y por el camino a Cali, región en la cual Isaacs trabajó cuando empezaba a escribir *María*. En estos capítulos menciona lugares tan pequeños que hoy día se ignoran los nombres que tenían en aquella época. Sin embargo, en algunos casos, Isaacs abrevia u omite ciertos topónimos; estas omisiones y abreviaturas tienen por propósito disfrazar superficialmente el escenario principal de *María:* la hacienda llamada "El Paraíso" y sus alrededores. Nunca se menciona este nombre, ni los de las otras haciendas ("La Manuelita" y "La Rita") que perdió la familia Isaacs unos años antes de la publicación de la novela. Esta técnica de omisión refleja la afición romántica por todo lo vago e impreciso; menudean los casos en las novelas del francés Alphonse de Lamartine y del novelista inglés Walter Scott, por ejemplo. Además, es posible que hubiera motivos no literarios para algunas de estas omisiones. En el capítulo XXXIII Isaacs hace unas alusiones personales muy denigrantes a los nuevos dueños de las haciendas que habían sido de sus padres; quizá el autor disimuló los nombres de las propiedades para evitar posibles pleitos por calumnia.

SITIOS MENCIONADOS EN "MARIA"

- Buenaventura
- El Cerrito
- Hacienda "El Paraíso"
- Palmira
- CALI

DEPARTAMENTO DEL VALLE DEL CAUCA

COLOMBIA

TIEMPO

HISTÓRICO E INTERNO

Las referencias temporales en *María* son aún más detalladas que las espaciales. McGrady dice que muy pocas novelas contienen tantas alusiones a las horas del día (más de cien) y a días, meses y años. Lo sorprendente es que, a pesar de toda la preocupación por el tiempo, hay muchas contradicciones en la cronología de *María*.

Vayan varios ejemplos a modo de ilustración -dice el crítico-: 1) Pocos días después de regresar de Bogotá, Efraín afirma (cap. V) que partirá para Europa dentro de cuatro meses; pero poco antes de marcharse a Inglaterra, dice que ha estado en casa seis meses (LII); 2) En el capítulo XXII, Efraín declara que Carlos volvió al Cauca ocho meses antes que él; pero tres meses después (XXVIII), Carlos afirma que lleva más de un año en casa; 3) En el capítulo XXV, Efraín dice "ayer" al referirse a un suceso que pasó dos días antes; 4) El padre de Efraín dice en el capítulo XXVII que éste debe estudiar medicina durante cinco años; en los capítulos XXXVIII y XXXIX este número ha cambiado a cuatro; 5) Efraín sale de Buenaventura para Inglaterra a principios de febrero (XXXVIII) y vuelve al puerto colombiano el 25 de julio del año siguiente (LVI); sin embargo, dice que ha estado ausente por diecisiete meses (en vez de dieciocho); 6) Hacia el 20 de agosto, Efraín dice que hace dos meses que murió María (LXII); pero en el capítulo LXIII, fechado el 10 de septiembre, vuelve a afirmar que hace dos meses que falleció su novia (una discrepancia de tres semanas). De modo que está manifiesto que Isaacs no calculó con cuidado la secuencia de sus numerosas alusiones cronológicas en *María*. Estos descuidos reflejan la misma desatención al detalle matemático que caracterizó a Isaacs durante toda su vida en el manejo de sus finanzas, termina diciendo el crítico con cierto humor negro.

Pero refiriéndose a la acción de *María*, dice que puede fecharse de una manera aproximada. Como en la novela existe todavía la esclavitud, abolida en Colombia a principios de 1852, se desprende que la trama tiene lugar antes de ese año. Otro dato que apunta hacia la misma fecha es la referencia (XXIII) al periódico "El Día", que dejó de publicarse en julio de 1851. El colegio del doctor Lorenzo María Lleras, adonde asistió Efraín, funcionó de 1846 a 1852. Así es que el idilio de Efraín y María transcurriría hacia el año 1850. Esto quiere decir que Efraín, que tiene veinte años al comienzo de la novela, es siete años mayor que Isaacs, quien nació en 1837.

McGrady se pregunta por qué Isaacs insertó tantas referencias al tiempo en su novela. Y piensa que probablemente la razón es que así se carga el énfasis sobre la inminencia del viaje de Efraín, el cual causará la muerte de María. La obsesión con el tiempo constituye una manera de preludiar el fallecimiento de la heroína, que para Efraín será el momento en que cese totalmente el tiempo.

ANÁLISIS DE PERSONAJES

Donald Mcgrady, investigador a quien hemos tenido muy en cuenta para desarrollar el aspecto formal de este libro, hace el mejor análisis que se conozca hasta el momento de los dos personajes principales de la novela: Efraín y María. Teniendo en cuenta que compartimos todos sus puntos al respecto y que por tanto sería presuntuoso intentar ir más allá de su profundo estudio, presentamos al lector sus puntos de vista sobre tales personajes, como homenaje al crítico y convencidos de que ilustrarán notablemente al interesado en este clásico de nuestra lengua.

EFRAÍN

"Aunque Isaacs tituló su novela *María*, el verdadero protagonista de la obra es Efraín. Desde las palabras iniciales del libro ("Era yo niño..."), se hace evidente que la acción girará alrededor del narrador; lo normal es que un relato contado en primera persona tenga por protagonista al que habla. Ahora, es inevitable que un narrador revele mucho acerca de su propio carácter al describir una serie de acontecimientos en que él ha intervenido. La manera de conceptuarse en relación con las demás personas es particularmente significativa: el hombre modesto tenderá a descontar su propia importancia, mientras que el egoísta se inclinará a exagerarla. Efraín se da perfecta cuenta de esto; por tanto, procura conservar las apariencias de modestia, al tiempo que hace lo posible por realzar su valor propio. Su método consiste en afectar modestia al mencionarse directamente, pero selecciona el material a ser narrado para poner de relieve sus cualidades personales. Un buen ejemplo de esta técnica se ve en el capítulo II, donde Efraín observa que su poesía era admirada por sus compañeros; esta advertencia sirve para desmentir su propia censura de sus "malas estrofas" en el capítulo XXIII. Abundan en la narración ejemplos de cómo Efraín se alaba indirectamente, sin producir la impresión de ser inmodesto, mediante el expediente de citar las actitudes apreciativas de todos hacia él.

"La estimación y afecto que Efraín encuentra siempre no se explican sólo por su posición privilegiada dentro de la sociedad local, sino también por su generosidad y consideración hacia sus inferiores. Hace frecuentes regalos a los campesinos antioqueños, logra que su padre conceda derechos de agua a Custodio, manda al médico a examinar a Salomé, y alterna con los negros y los mulatos. Estas inusitadas tendencias democráticas producen extrañeza en Carlos. Al mismo tiempo, Efraín se complace en aludir a los lujos que se permite su familia, y a su posición de aristócratas.

"Una de las facetas más interesantes de la personalidad de Efraín es su pronunciada sensualidad. Este rasgo, perceptible a través de todo el libro, aparece por primera vez en el capítulo II, donde Efraín evoca "melodías voluptuosas" y "ropajes de mujeres seductoras" para describir la belleza del Valle del Cauca. En otra ocasión, Efraín encuentra que el "flexible tallo e inquieto plumaje" de una palmera encierran una cualidad coqueta "que recuerda talles seductores y esquivos" (LVII). La mayoría de las ilustraciones de la sensualidad del protagonista no ocurren como las anteriores, en metáforas. Efraín admira abiertamente los encantos femeninos de las hijas de José, de la hermana de Emigdio, y de la "núbil negra" (LVII). Posiblemente la mujer que más atrae a Efraín físicamente es la voluptuosa Salomé, de quien le impresionan los "amorosos labios", los "desnudos y mórbidos brazos", y "aquel talle y andar, y aquel seno (que) parecían cosa más que cierta, imaginada" (XLVIII). Aun cuando Efraín afirma su ceguera ante los "mil encantos" de Salomé, el lector considera que Custodio hace muy bien en "custodiar" a su hija cuando está sola con el protagonista. Efraín no es de los que opinan que el hombre no debe sentir atracción física hacia su futura esposa; él confiesa francamente su deleite al contemplar los hombros desnudos de María, en sentir el roce de su vestido, y en tocar sus brazos. Paradójicamente, Efraín alude inconscientemente a su atracción hacia María al recalcar con insistencia lo *casto* de sus relaciones; pasa que la palabra *casto* evoca, por implicación, la sensualidad. Naturalmente, este reconocimiento de la atracción sexual de María representa una actitud sana por parte de Efraín hacia la pasión amorosa; el amor espiritual no debe estar separado del amor físico.

"Los rasgos definidores de la sicología de Efraín (su orgullo como miembro de la aristocracia local, su interés en los humildes, sus sensualidad, su condición de poeta, su amor a la naturaleza) están ampliamente documentados en la personalidad de su creador. Salta a la vista, entonces, que Efraín no es un estereotipo literario, como suele declarar la crítica, sino que es un autorretrato de su autor. Es cierto que Efraín coincide con el típico héroe romántico en su gran capacidad emocional y en su tendencia a creerse superior espiritualmente a sus prójimos; pero éstas también son coincidencias con la personalidad de Isaacs. Efraín se distingue claramente de sus antecedentes literarios en que no es el poeta-profeta, ni el sicópata, el errante solitario, ni el hombre fatal. Aunque él percibe los defectos de la sociedad, no es ni un rebelde ni un reformador. No es excesivamente introspectivo, ni tan preocupado con su yo que caiga en la patología de la egolatría. A Efraín no le afligen las pasiones oscuras ni la desilusión con la vida. No es que Efraín no posea algunos rasgos románticos, sino que no los tiene exagerados, como ocurre con la mayoría de los héroes literarios, y casi todas estas características provienen del modelo viviente de Jorge Isaacs, no de fuentes novelescas. En cambio, una cualidad que innegablemente deriva de la literatura romántica anterior es la adoración avasalladora de Efraín por María. Otra influencia literaria es la tentación que siente el héroe de suicidarse -una tentación a la que accedieron muchos románticos literarios y reales, después de la publicación del *Werther* de Goethe, en 1774."

MARÍA

Si el carácter de Efraín deriva primordialmente del de su creador, el de María proviene principalmente de la tradición literaria. Por consiguiente, mientras Efraín tiene una personalidad completa, integrada de virtudes y defectos, el nimbo de perfección que rodea a María le quita un poco de calor humano. El hecho de que pertenezca a una larga serie de heroínas literarias, hace difícil que se escape a la clasificación de un tipo, en vez de ser un carácter de personalidad propia. En vista de las ventajas propias en la presentación de cualquier tipo literario, hay que reconocer que Isaacs ha logrado un notable éxito en la caracterización de María.

"Efraín utiliza la técnica de la sugerencia, en lugar de la explicación abierta, al empezar a aludir a María. Ella aparece entre el grupo de familiares que despiden a Efraín, y según relata éste, "esperó humildemente su turno..."; el adverbio *humildemente* a la vez describe una característica de María y denota que ella es una persona especial. Ella es el último ser a quien Efraín ve al alejarse de su casa. La técnica de la sugerencia continúa en el capítulo II, donde María se sonroja cuando Efraín involuntariamente le roza el talle con el brazo. Desde el capítulo III, el narrador menciona sin ambages su afecto por María. Aquí comenta por primera vez lo melodioso de su acento, una cualidad que resaltará constantemente a lo largo del libro, como si oyera su voz todavía, a pesar de que hace muchos años que murió. También compara

Efraín la sonrisa de María con la de "una virgen de Rafael"; en el capítulo XVI especifica que el parecido es con la "virgen de la villa". Ciertamente, la equiparación con una pintura sugiere que María tiene más de etéreo que de terrenal.

"En el capítulo IV, Efraín descubre uno de los aspectos esenciales del carácter de María al notar que "cayó de rodillas para ocultarme sus pies, desatose del talle el pañolón, y cubriéndose con él los hombros, fingía jugar con las flores". Para Efraín (y posiblemente para Isaacs), estas acciones sencillamente reflejan la modestia y la castidad de María. Sin embargo, uno de los primeros críticos de la novela vio en ellas "refinamientos de coquetería femenil...aquel pudor alarmado es más propio de una coqueta que de la niña inocente en cuyas ideas no existe la despierta malicia de las ciudades". Algo hay de cierto en estas observaciones; cualquiera sabe que las mujeres suelen llamar la atención hacia sus atractivos fingiendo encubrirlos. Nunca se sorprende un ademán de estos en los modelos más cercanos de María: Virginia y Graciela. Esta pequeña "modestia inmodesta" de María demuestra que ella es más sofisticada que sus predecesoras, y también ilustra la tesis expuesta anteriormente -que la excesiva exaltación de la castidad puede llegar a pecar contra la pureza. Efraín intuye lo ambiguo de la modestia de María, al aplicarle la descripción paradójica de "mujer tan pura y seductora..." (VI).

"María muestra ser dulce y sumisa desde su aparición inicial; al contrario de otras mujeres, ella no recibe placer de las pequeñas riñas de novios, y hace lo posible por evitarlas. Ella cree en la superioridad intelectual de los hombres, y piensa que las mujeres no deben ofrecerles consejos.

"El temperamento manso y pacífico de María no la coloca en una posición de desventaja respecto al novio más dominante; es precisamente su suavidad lo que más atrae y cautiva a Efraín. En pocas palabras, María es una mujer verdaderamente femenina, que sabe comunicar su amor sin que se note. Esta característica de feminidad es lo que hace de María la mujer ideal.

"Aunque inteligente, María no tiene educación formal -otro ideal romántico. En el siglo diecinueve en Colombia, lo normal era que las niñas sólo aprendieran los oficios de la casa y que se dedicaran exclusivamente a sus familias. Los instintos maternales de María cumplen otro requisito del Romanticismo, igual que su firme fe religiosa, su languidez amorosa, su deliciosa timidez, su inocencia y ternura. Pero también existe otra faceta menos pasiva en su personalidad: a veces escucha las conversaciones ajenas, sabe ser resoluta cuando es necesario, y alguna vez se muestra juguetona y traviesa (XXXV). En suma, María encarna el ideal romántico de la mujer perfecta: representa la feminidad en todo lo que tiene de bondadosa, ingenua y atractiva. María es modesta y a la vez está tan enamorada que ya no duerme bien (XII). De haber vivido, habría sido idéntica a la madre del Rafael de Lamartine: una mujer que existe únicamente para Dios, su marido y sus hijos. Cuando a tal sublimidad de alma se agregan los encantos físicos de María, se ve que Efraín tiene razón al considerarla la más bella de las criaturas de Dios (LX)..."

RECURSOS LITERARIOS

Formales

Estructura de la obra

La novela está estructurada de manera clara y lineal. Consta de 65 capítulos breves, cinco de los cuales (del 40 al 44) están dedicados a la bella historia de Nay y Sinar, que se desarrolla en gran parte en África, y que se constituye en un relato variante de la estructura general de la obra.

Tipo de narrador y punto de vista

Narrador subjetivo (en primera persona). Toda la obra está contada por este tipo de narrador (Efraín). Inicia desde sus primeros años hasta su regreso de Europa para encontrar que María ha fallecido. Es decir, la novela es pura rememoración. Leamos dos ejemplos:

• "Era yo un niño aún cuando me alejaron de la casa paterna para que diera principio a mis estudios en el colegio del doctor Lorenzo María Lleras, establecido en Bogotá hacia pocos años, y famoso en toda la República por aquel tiempo."

• "Estremecido partí a galope por medio de la pampa solitaria, cuyo vasto horizonte ennegrecía la noche."

Tiempo Interno

Pretérito imperfecto. Precisamente por su condición de novela de memoria, su característica fundamental es el tiempo pretérito verbal, rememorativo:

• "Mi padre estaba dominado por el mismo sopor: durante el día y lo corrido de la noche, no había cesado el delirio. Su debilidad tenía algo de la que produce el agotamiento de las últimas fuerzas; casi sordo a todo llamamiento, solamente los ojos, que abría con dificultad algunas veces, dejaban conocer que oía; y su respiración era anhelosa."

De contenido

Tipos de descripción

De lugares

Sus descripciones de lugares son numerosas en la obra. En ellas imperan el idilio, la idealización y, en ocasiones, tanto el realismo como el costumbrismo. Veamos algunos ejemplos:

- "El cielo tenía un tinte azul pálido: hacia el oriente y sobre las crestas altísimas de las montañas, medio enlutadas aún, vagaban algunas nubecillas de oro, como las gasas del turbante de una bailarina esparcidas por un aliento amoroso."

- "Atravesé un corto llano en el cual el rabo de zorro, el friega-plato y la zarza dominaban sobre los gramales pantanosos; allí ramoneaban algunos caballejos molenderos rapados y mutilados por el carguío de leña y la crueldad de sus arrieros..."

- "En la casa llamaban la atención a un mismo tiempo la sencillez, la limpieza y el orden: todo olía a cedro, madera de que estaban hechos los rústicos muebles, y narcisos con que la señora Luisa había embellecido la cabañita de su hija: en los pilares había testas de venados, y la patas disecadas de los mismos servían de garabatos en la sala y en la alcoba."

De personas

En la descripción de personas, como en casi todo tipo de descripción del autor, el adjetivo es fundamental y está usualmente dirigido a embellecer y dar gracia, a exaltar cualidades o dar un toque de colorido a lo descrito. Por regla general es muy claro en sus juicios. Apreciemos estas cualidades en una descripción de María:

- "Ella estaba tan hechicera como mis ojos debieron decírselo: un gracioso sombrero de terciopelo negro, adornado con cintas escocesas y abrochado bajo la barba con otras iguales, que en el ala dejaba ver, medio oculta por el velillo azul, una rosa salpicada aún de rocío, descansaba sobre las gruesas y lucientes trenzas cuyas extremidades ocultaba: arregazaba con una de las manos la falda negra, que ceñía bajo un corpiño del mismo color un cinturón azul con broche de brillantes, y una ancha capa se le desprendía de los hombros en numerosos pliegues."

De situaciones

En este tipo de descripción, Isaacs tiende a ser cinematográfico, muy explícito y con mucho grado de tensión y espectacularidad:

• "José disparó: el tigre rugió de nuevo tratando como morderse el lomo, y de un salto volvió instantáneamente sobre Braulio. Éste, dando una nueva vuelta tras los robles, lanzóse hacia nosotros a recoger la lanza que le arrojaba José. Entonces la fiera nos dio frente. Sólo mi escopeta estaba disponible: disparé; el tigre se sentó sobre la cola, tambaleó y cayó."

Figuras literarias

Metáfora

Esta figura consiste en expresar una idea a través de otra con la cual guarda analogía o semejanza. Entre las tantas cualidades de *María*, sin duda se debe mencionar la poesía; su forma lírica de expresarse es de gran luminosidad para ilustrarnos de manera más estética las ideas, acudiendo para ello a la gama de posibilidades que le brinda la preceptiva.

• "... Entonces caemos en una postración celestial..."

• "Antes de ponerse el sol, ya había yo visto blanquear sobre la falda de la montaña la casa de mis padres."

• "Las herraduras de mi caballo chispearon sobre el empedrado patio."

Símil o comparación

Semejanza directa existente entre dos términos. Las comparaciones son permanentes en la novela. Es como si la realidad no mereciera ser denominada directamente. El estilo de Isaacs, romántico, cargado de giros que quieren insinuar dulzura, perdería bastante de su belleza si fuera directo y escueto:

• "Y sus ojos estaban humedecidos aún, al sonreír a mi primera expresión afectuosa, como los de un niño cuyo llanto ha acallado una caricia materna."

• "Algo oscuro como la cabellera de María y veloz como el pensamiento cruzó por delante de nuestros ojos."

Personificación

Figura retórica que consiste en darle características humanas a los objetos o a los animales. Menos frecuente que las anteriores, de todos modos es una figura que enriquece la novela por la espontaneidad que otorga al texto.

• "Cuando en un salón de baile, inundado de luz, lleno de melodías voluptuosas..."

• "Es necesario que vuelvan al alma empalidecidas por la memoria infiel."

- "Preguntóme sintiendo que mis manos registraban las suyas."

Sentencia o Epifonema

Figura que consiste en una reflexión final, sentenciosa y profunda. También forma parte de los recursos del autor:

- "Golpes de fortuna hay que se sufren en la juventud con indiferencia, sin pronunciar una queja: entonces se confía en el porvenir. Los que se reciben en la vejez parecen asestados por un enemigo cobarde: ya es poco el trecho que falta para llegar al sepulcro..."

VOCABULARIO

Achajuanarse: flaquear de cansancio.

Agregado: arrendatario.

Ajonjear: mimar.

Alfandoque, instrumento para acompañamiento de música: cañuto grande con semillas por dentro que se sacude al compás.

Angarilla: fuste de montura para carguío.

Aparta (ganado de): destetado.

Arretranca: retranca, correa ancha que llevan las bestias.

Atillos: estuche de cuero en que los arrieros llevan víveres.

Atramojar: atraillar, atar.

Azafate: vasija de madera.

Balance: negocito, ganancia.

Bamburé: sapo muy grande.

Barbear, echar a tierra un caballo, tomándolo de la oreja y mandíbula inferior.

Barbillas: denominación que se da a los perros y caballerías que tienen bajo la mandíbula inferior cierta clase de vello.

Bebeco: En los seres humanos y animales, falta del pigmento que produce el color específico de cada raza o especie.

Bimbo: pavo americano.

Bolero: arandela ancha que cae sobre la falda en trajes de mujeres.

Cabalonga: semilla a la cual se atribuyen ciertas propiedades que producen salud.

Cabezón: ola fuerte que hacen las corrientes de los ríos cuando el álveo o madre del río está repleto de piedras grandes.

Cabi-blanco o belduque: cuchillo de cintura.

Cambrún: cierta tela de lana.

Cangalla: persona o animal muy flaco.

Canónigo: irascible, enojado.

Cansera (es): es perder tiempo.

Carángano: instrumento que en la música de negros chocoes sirve de bajo. Se rasga con un palillo.

Carrasca: instrumento musical de los negros, que se raspa al compás con un palillo.

Carrizo: interjección significativa de admiración o sorpresa.

Castruera: instrumento musical campestre como el que atribuye la fábula al dios Pan.

Catanga: canasta para pescar.

Cazoleta (escopeta o fusil de): de piedra.

Cipote: zonzo, bobo.

Cobijón: cubierta de cuero que se pone sobre las cargas para favorecerlas de la lluvia.

Cojinetes: Alforjas de cuero pequeñas que llevan las sillas de montar en lugar de pistoleras.

Coleta: tela ordinaria de lino o cáñamo.

Congola: pipa.

Costurero: cuarto de la casa en el que las señoras cosen.

Crujidas (pasar): trabajos.

Cuchugos: cajas de cuero o madera que suelen llevarse en la silla del caballo.

Cuerudo: lerdo, extremadamente lento.

Chagra: haciendita, parcela.

Chagrero: Así se le dice a los campesinos en algunos países de América.

Chamba: zanja, zurco.

Choto: persona o animal a quien se mima.

Chúcaro: bravío, cerrero. Se aplica a los caballos.

Data de sal: la operación de repartir sal al ganado vacuno o a los caballos.

Empuntar: enseñar a uno por donde ha de ir; ponerle en camino.

Encocorar: fastidiar, molestar.

Estacar: extender una piel en el suelo asegurándola con estaquitas. Entre negociantes, engañar o perjudicar a otro al hacer algún negocio. Herir hondamente con arma blanca.

Estantillos: postes de madera sobre los cuales se construyen ciertas chozas. En singular, horcón grueso que sirve como base.

Fantasioso: vano, presuntuoso.

Filático: Se llaman así los caballos resabiados, lleno de manías.

Filote: Así se le dice al maíz que empieza a echar cabello.

Fregar: molestar.

Fufú: masa hecha con plátano verde cocido y caldo sustancioso.

Fullero: presumido, vanidoso.

Galindro: travesaño o asidero que tiene la canoa a uno y otro extremo de su cavidad.

Gamuza: chocolate con harina de maíz y azúcar.

Garoso: hambriento.

Gola: arandela de traje de mujer que rodea el busto.

Guanábano: papanatas, tonto.

Guango: racimo de plátanos.

Guaucho: hijo abandonado por sus padres. Animal aún no destetado que ha perdido a la madre.

Hartón: fruto de cierta especie de plátano: es muy grande y común en el Valle del Cauca.

Holán: batista, tela delgada muy fina.

Horrarse: de horro: se aplica a vacas y otras hembras de animales cuando se les malogra la cría. Entre jugadores, devolverse el tanto expuesto en la partida.

Hu turutas: interjección de desaprobación o impaciencia.

Jigra: mochila grande de mallas de cabuya o de correíllas de cuero.

Jilo: en derechura. Rectitud, integridad.

Lajero (perro): de caza.

Lambido: relamido, presuntuoso.

Machetona: navaja grande.

Manatí: corbacho, látigo.

Mandinga: Diablo, demonio.

Manea: traba que se pone en las patas traseras a la vaca que se ordeña.

Maneto: deforme de uno o ambas manos; se dice de los cuadrúpedos.

Mangón: potrero pequeño.

Manzanillo: color amarillo tiznado; se aplica a los caballos.

Mecha: broma.

Mechoso: haraposo, sucio.

Medalla: onza de oro.

Mezquinar: librar de un castigo.

Mocho: caballo malo, o sin una oreja.

Montarrón: selva grande.

Montuno: montaraz. Que anda por los montes.

Mote o mute: maíz cocinado.

Ña: abreviación de señora; se usa solamente antepuesto a los nombres de la gente plebeya.

Ñanga: en balde, en vano, inútil.

Ñapango: gente mestiza.

Ñor: abreviación de señor, se usa como el "ña".

Ojear: hacer "mal de ojo", brujería.

Opa: interjección equivalente de "hola".

Orejero: malicioso.

Orejonas: espuelas.

Pampear: recorrer la pampa.

Pancho: Masa ordinaria utilizada para matar perros, ratones y otros animales.

Patas: Se le llama popularmente así al diablo.

Pial: cuerda con que se enlazan las patas traseras de una res para echarla por tierra.

Porcia: porción, parte.

Pringamoza: planta de hoja grande.

Punta: Grupo de animales.

Quincha: cerca que se hace con guaduas tejiéndolas de una manera especial.

Quinguear, formar curvas la corriente de un río, la línea de un camino, etc.

Quingo: sinuosidad, que zigzaguee permanentemente.

Ranchada (canoa): la que tiene techo de hojas.

Rapadura: panela. Dulce de miel de caña y leche.

Raspón: sombrero de paja que usan las gentes campesinas.

Remache: tenacidad, esfuerzo mayor.

Retobo: cosa o persona despreciable.

Ringlete: persona oficiosa, que no descansa.

Rosillo: color resultante de la mezcla de pelo rucio y castaño en los caballos.

Sacatín: alambique, lugar doméstico donde se fabrica el alcohol.

Socobe: totuma o recipiente de calabaza.

Soche: piel curtida de cordero, chivo o venado.

Tambarria: el hecho de acosar o maltratar de seguido; jaleo.

Tasajudo: largo y flaco.

Tembo: aturdido, bobo.

Ten con ten: expresión popular utilizada para decir "poco a poco".

Tibante: altanero, grosero.

Timanejo: natural del valle de Neiva.

Tiricia: corrupción de la palabra ictericia.

Truncho: cuadrúpedo que ha perdido la cola.

Tulpa: una de las piedras sobre las cuales colocan los viandantes y la gente pobre la olla para cocinar.

Tuso: carcomido de viruelas.

Velay: interjección de extrañeza.

Yuyo: cierta salsa de yerba.

Zorral: importuno, incómodo.

Zumbar: salir despedido. Despedir con enojo.

Zumbo: calabazo.

CRONOLOGÍA SUMARIA

1837 - 1849

Vida y obra del autor. Jorge Ricardo Isaacs nace en Cali (1837). Hijo de Jorge Henry Isaacs, un judío inglés que vino de Jamaica, y de Manuela Ferrer Scarpetta. Comienza estudios en Bogotá en 1848 en los colegios Espíritu Santo, San Buenaventura y San Bartolomé.

Colombia y América Latina. José Ignacio de Márquez es elegido presidente (1837). En el mismo año, publica Julio Flórez: "Dos composiciones poéticas". Se inicia la Guerra de los Supremos (1840) y muere Santander. Esteban Echeverría: "El matadero". El congreso colombiano elige presidente a Pedro Alcántara Herrán (1841). Independencia de Paraguay (1842). Andrés Bello: "Poesías". La República Dominicana se independiza de Haití (1844). En 1845 es elegido presidente de Colombia Tomás Cipriano de Mosquera. Domingo Faustino Sarmiento: "Facundo: civilización y barbarie". En 1847: Andrés Bello: "Gramática de la lengua castellana para uso de los americanos". En 1848, el partido liberal moderado, del cual es parte Mosquera, adopta el nombre de Conservador. En 1849, el liberal José Hilario López es elegido presidente de Colombia. Se crea la Comisión Corográfica por Agustín Codazzi.

El mundo. La reina Victoria llega al trono de la Gran Bretaña (1837). Primera Guerra del Opio entre Gran Bretaña y China (1839). Stendhal: "La cartuja de Parma". Guerra entre EE.UU y México (1845). E.A. Poe: "Cuentos de misterio y fantasía", "El cuervo" y otros poemas. EE.UU. se anexiona Nuevo México (1846). Dostoyevsky: "Pobres gentes". Fiebre de oro en California (1848). Dumas: "La dama de las camelias".

1850 - 1859

Vida y obra del autor. Regresa a Cali. Las actividades comerciales de su padre están en decadencia (1852). Se enlista en el ejército (1854). Su padre compra la hacienda "El Paraíso". En 1856 contrae matrimonio con Felisa González Umaña, de sólo catorce años, con quien tendrá nueve hijos. Su padre vende El Paraíso (1858).

Colombia y América Latina. Se suprime la pena de muerte (1850). Guerra civil (1851). Se prumulgan las leyes de libertad para los esclavos y la de libertad de prensa. En la constitución de 1853 se separan Iglesia y Estado. En México sube al poder Benito Juárez (1854). Mariano Ospina Pérez es elegido presidente de Colombia (1857). El país pasa a llamarse Confederación Granadina. Conflicto interno en el partido conservador entre seguidores de Mosquera y los de Ospina (1959).

El mundo. Luis Napoleón se hace con el control del gobierno francés mediante golpe de estado (1851). Guerra ruso-turca (1853). Dickens: "Canción de Navidad". Guerra de Crimea (1854). Flaubert: "Madame Bovary" (1856). Garibaldi crea la Asociación Nacional Italiana para la unificación del país (1857). Baudelaire: "Las flores del mal".

1860 - 1869

Vida y obra del autor. Vuelve a la guerra, esta vez para pelear contra el general Tomás Cipriano de Mosquera (1860). En Antioquia, luchando, conoce a los poetas Gregorio Gutiérrez González y César Conto. El 16 de marzo de 1861 muere el padre. El poeta queda encargado de la administración de los bienes de la familia. Mientras tanto escribe los "Cantos al Río Moro y al Valle del Cauca". Entra en quiebra. En 1863 viaja a Bogotá en busca de abogados que lo defiendan. Establece amistad con el poeta y abogado José María Vergara y Vergara e ingresa a la tertulia de El Mosaico, grupo que publicará poco después su libro "Poemas". En 1864 es nombrado subinspector de la carretera que une a Cali con el mar. Allí, junto al río Dagua, comienza a escribir "María". En 1866 entra en la política, siendo elegido diputado por el partido conservador. Viaja a Bogotá.

En 1867 es publicada "María". Dirige el periódico "La República" en 1868, pero un año después abandona el partido conservador y se hace liberal radical. Es nombrado Secretario de la Cámara de Representantes. Ingresa a una sociedad secreta de masones.

Colombia y América Latina. Expulsión de los jesuitas en 1862 y guerra con el Ecuador. Con Mosquera el país pasa a llamarse Estados Unidos de Colombia en 1863. Manuel Murillo Toro, presidente en 1864. Guerra de la Triple alianza: Brasil, Uruguay y Argentina contra el Paraguay (1865). Tercera presidencia de Mosquera. En 1867 es creada por ley la Universidad

Nacional de Colombia. En México es derrotado y fusilado el emperador invasor Maximiliano de Austria. En 1868 se inicia la guerra de independencia de Cuba, en la que lucha Martí. Miguel Antonio Caro: "Gramática latina" (1869).

El mundo. Lincoln es elegido presidente de los EE.UU. (1860). Baudelaire: "Los paraísos artificiales". En 1861 comienza la guerra civil entre norte y sur de EE.UU. Dostoyevski: "Recuerdos de la casa de los muertos". Víctor Hugo: "Los miserables" (1862). Termina la guerra de secesión en EE.UU y Lincoln es asesinado (1865). Grant es presidente de EE.UU. (1869).

1870 - 1879

Vida y obra del autor. Es nombrado Cónsul en Chile (1870) y tres años después regresa a Cali. Con la ilusión de hacer dinero compra la hacienda Guayabonegro. Nueva quiebra. En diciembre de 1875, César Conto, presidente del Estado del Cauca, lo nombra Superintendente de Instrucción pública. Se va a vivir a Popayán. Dirige el periódico "El Escolar" (1876). Edita con Conto el periódico radical "El programa liberal". Lucha en la batalla de los Chancos. Es nombrado Secretario de Gobierno del Cauca (1877) y dos años después se dirige a Antioquia.

Colombia y América Latina. Es elegido presidente de Colombia el liberal Eustorgio Salgar. En 1872, segunda presidencia de Murillo Toro. José Hernández: "Martín Fierro". Ricardo Palma: "Tradiciones peruanas". En 1874, gobierno de Santiago Pérez. Un año después, un terremoto destruye a Cúcuta. Revolución liberal en Ecuador da fin a dictadura de García Moreno. Intervención norteamericana en México.

El mundo. Se abre el canal del Suez. Don Carlos se proclama rey de España. Nietzsche: "El origen de la tragedia" (1872). Proclamación de la Primera República Española (1873). Expansión del imperio colonial inglés (1876). Zola: "La taberna". Fundación del partido socialista español. Dostoyevski: "Los hermanos Karamazov".

1880 - 1889

Vida y obra del autor. En febrero de 1880 se enfrenta al gobierno legítimo de Antioquia y se proclama jefe civil y militar. En abril se disuelve su movimiento. Va a Ibagué. Publica en la imprenta de Gaitán "La revolución radical en Antioquia". Escribe poesía. Un año depués el presidente Núñez lo nombra integrante de la primera misión científica a las costas del Caribe de Colombia. Allí descubre grandes recursos naturales. En 1884 son publicadas las memorias de sus trabajos en la Guajira, texto criticado por Caro, no sólo por su adhesión al darwinismo, sino por sus aspectos lingüísticos poco conservadores. Durante la guerra civil de 1885 vive en Fusagasugá en gran pobreza. Autorizado por Núñez se dirige en 1886 a la Guajira a explotar los yacimientos que había descubierto. Luego de viajar por Urabá, en su regreso a Ibagué, enferma de paludismo (1887).

Colombia y América Latina. El café comienza a ser importante en la economía colombiana (1880). El general Roca asume la presidencia en Argentina. Comienza a abrirse el canal de Panamá (1882). Segundo gobierno de Núñez (1884). Cae la constitución federal del 63 y empieza a regir la de 1886. Abolición total de la esclavitud en Brasil. Silva: "Nocturno II" (1889).

El mundo. Plejanov funda el partido marxista en Rusia. Nietzsche: "Así hablaba Zaratustra". Crisis de la bolsa de New York (1884). Fundación de la segunda internacional socialista en París (1889).

1890 - 1895

Vida y obra del autor. Muere Elvira Silva (1893), hermana de José Asunción Silva. Isaacs escribe una elegía a su muerte. Trabaja en dos novelas de las cuales no existen manuscritos, "Fania" y "Alma negra". En 1885, muy enfermo, no toma parte en la guerra civil que estalla. Muere el 17 de abril de fiebres palúdicas en Ibagué. En 1905 sus restos son trasladados a Medellín.

Colombia y América Latina. Se inaugura en Bogotá el teatro Colón (1892). Martí funda en Cuba el partido revolucionario. Julio Flórez: "Horas" (1893). Muere Rafael Núñez (1895). Rubén Darío: "Marcha Nupcial".

El mundo. Escándalo del Çanal de Panamá en Francia; bancarrota de Lesseps y suspensión de la construcción (1892). Proceso en Francia contra el militar judío Dreyfus (1884). Nicolás II Zar de Rusia.

CRÍTICAS SOBRE LA OBRA

"Jorge Isaacs, en *María,* prefirió trabajar con la anticipación y el presentimiento. En ningún instante se oculta que María va a morir. Sin la seguridad de que va a morir, apenas si tendría sentido la obra. Yo recuerdo una línea memorable que está casi al principio: «Una tarde, tarde como las de mi país, bella como María, bella y transitoria como fue ésta para mí...»."

JORGE LUIS BORGES, escritor argentino

"Isaacs es un poeta cuya forma natural de expresión resulta ser la prosa. No quiero decir que sean sus poesías triviales ni prosaicas sino que el caudal de su sensibilidad queda estrecho en los límites del verso. Necesita prodigar las elipsis, los puntos suspensivos, el interrogante y la admiración para verter el ímpetu de sus sensaciones..."

BALDOMERO SANÍN CANO, crítico colombiano.

"Hace cuatro años que era completamente desconocido; hace tres que se presentó en Bogotá con un volumen de versos que fueron recibidos con raro entusiasmo; y hace pocos días que ha dado un nuevo volumen en prosa, que contiene una novela bien elaborada, bien escrita, bien sentida. Regalos como éste no se hacen todos los días a las sociedad; y el regalo es doble, y doblemente precioso, porque si el libro vale mucho, el autor vale más..."

JOSE MARÍA VERGARA Y VERGARA, crítico literario colombiano de finales del siglo XIX

"Pocas figuras más representativas en la literatura americana que el autor de *María*... Caudillo liberal, escritor doliente, hombre de aventura y de ensueño, vive peligrosamente y muere en la pobreza -como muere la gente honrada-... Los editores lo han robado. Sus enemigos políticos lo persiguen. Pero él tiene fe en la bondad humana, porque le rebosa el corazón..."

ALFONSO REYES, humanista mexicano

"*María* es una obra profundamente colombiana por muchas razones: sus sentimientos, su paisaje, su lenguaje, su transfondo histórico, socio-económico. *María* tocó fibras vitales del hombre colombiano de la época y aun de épocas posteriores... Por ella, los colombianos comprobaron por primera vez que su sentir y su ámbito vital podían adquirir universalidad... *María* es un nostálgico, emocionado adiós a un pasado personal e histórico".

EDUARDO CAMACHO GUIZADO, crítico colombiano contemporáneo

TALLERES Y PREGUNTAS

1. Hubo una famosa tertulia que apoyó a Isaacs en sus comienzos. Señálela y explique la importancia de este grupo para la literatura colombiana de la época.

a. Piedra y Cielo.

b. El Mosaico.

c. Los Nuevos.

d. Los Cuadernícolas.

2. Si los dos personajes centrales de la novela se hubieran casado, ¿*María* sería todavía una novela romántica? Explique sus argumentos.

3. Establezca tres diferencias entre las sicologías de Carlos y Efraín.

4. Uno de los siguientes personajes se siente culpable por la precipitación de la muerte de María. Señálelo. Describa y comente el incidente.

a. Emma.

b. Efraín.

c. El padre de Efraín.

d. Carlos.

e. Braulio.

5. Hemos señalado tres temas fundamentales en *María:* el amor, la muerte y el paisaje. Encuentre otros y exprese su opinión personal sobre ellos.

6. Se dijo que el argumento de *María* es autobiográfico. ¿Qué hechos de la vida de Isaacs lo pueden comprobar?

7. El *punto de vista* de una obra literaria, es el enfoque desde el cual son narradas las acciones. Determine el punto de vista de *María* y dé tres ejemplos diferentes a los que se encuentran en este análisis.

8. En su aspecto espacial la obra se desarrolla, en su mayor parte, en un departamento de Colombia. Señálelo.

a. Cundinamarca.

b. Antioquia.

c. Valle del Cauca.

d. Nariño.

e. Santander.

9. El papel desempeñado por Emma, ¿cómo podríamos definirlo? Escriba alguna anécdota de una persona que usted conozca, y que tenga una personalidad similar.

10. Uno de los siguientes enunciados es falso. ¿Por qué?

a. Efraín viaja a Europa para estudiar medicina.

b. Carlos no logra conquistar a María.

c. La madre de Efraín fallece después de la muerte de María.

d. José demuestra siempre su amistad al joven Efraín.

11. Localice en la obra dos ejemplos de cada una de las siguientes figuras literarias: metáforas, símiles, hipérboles, personificaciones, anáforas, epifonemas.

12. María es el aspecto espiritual de la novela. ¿Qué personaje femenino podría ser su contrario?

13. Carlos nos presenta unas características poco imitables. ¿Es constante su comportamiento frívolo a lo largo de toda la novela? Describa las situaciones donde presenta emociones aparentemente contrarias.

14. Cuente con sus palabras el episodio de la cacería del tigre.

15. Ante el fenómeno de la esclavitud, ¿qué postura asume Efraín? ¿Usted la comparte o no? Exprese sus opiniones personales al respecto.

16. El ave negra en la historia de *María*, ¿qué simbolismo representa?

17. El padre de Efraín ¿qué actitud asume ante el amor de los jóvenes?

18. La crítica de Eduardo Camacho Guizado a *María*, ¿qué opinión le merece? Detalle su comentario.

19. Localice en la novela algunas contradicciones en el manejo que da Isaacs al tiempo histórico e interno de la obra.

20. Escriba sus impresiones sobre la obra en un comentario que comience así: "Si yo me encontrara con Efraín y María, les diría: ..."

21. Dé su opinión sobre la obra y explique sus razones.

   a. Me gustó mucho.

   b. No me gustó.

   c. No la entendí.

   d. Me pareció medianamente interesante.

   e. Es tonta y aburrida.

BIBLIOGRAFÍA BÁSICA

GÓMEZ VALDERRAMA, Pedro, *Jorge Isaacs,* Ed. Procultura, Bogotá, 1989.

McGRADY, Donald, "Introducción" en *María* , Ed. Cátedra, Madrid, 1989.

ANDERSON IMBERT, Enrique, "Isaacs y su romántica María", Prólogo a la edición de *María*, Fondo de Cultura Económica, México, 1967.

REYES, Alfonso, "Cartas de Jorge Isaacs", en *Obras Completas,* Fondo de Cultura Económica, México 1980.

MORENO DURÁN, Rafael-Humberto, "María", en *Historia de la Literatura Latinoamericana,* Ed. Oveja Negra, Bogotá, 1985.

CURCIO ALTAMAR, Antonio, *Evolución de la novela en Colombia,* Bogotá, 1957.

BORGES, Jorge Luis, "Vindicación de la *María* de Jorge Isaacs", en revista *Eco,* Bogotá, 1980.

CAMACHO GUIZADO, Eduardo, "La literatura colombiana entre 1820 y 1900", en *Manual de Historia de Colombia,* Tomo II, Ed. Procultura, Bogotá, 1987.